三國奇變
戰略篇
卷
10
驚天一箭
第一輯完

目錄

第一章

翻身之地

文醜道：「從現在起，他就是我們的主公！既然你們剛才都同意選袁熙為主公，那就不要後悔，只要殺了審配、郭圖，我等就有翻身之地了，救出沮授後，以沮授的謀略，必然能夠幫我們脫離困境，光復冀州指日可待。」

鄴城東門，厚重的吊橋已經被放了下去，兩千弓弩手在護城河沿岸排成了一排，正不停地朝黑暗中射出箭矢。

顏良身披重鎧，手持一把大刀，跨著一匹戰馬，身後帶著一千嚴陣以待的騎兵，正皺著眉頭朝吊橋的對岸望了過去。

吊橋的對岸，聲音一片嘈雜，士兵的慘叫聲、馬匹的嘶鳴聲，都給鄴城下面的趙軍帶來了極大的歡欣和鼓舞。

「將軍，對面的人聲漸漸散了，一定是燕軍不敵我軍攻勢，自行撤退了，現在要不要殺過去？」顏良身邊的一員偏將拱手道。

顏良陰鬱著臉，看著吊橋對岸漆黑一片，又毫無動靜，心中略微起了一絲疑竇，道：「奇怪！燕軍的實力很強，怎麼可能會這麼輕易就退走呢？他們的重步兵和重騎兵呢？」

「將軍，此一時彼一時，鉅鹿之戰中他們確實很強，但是我軍經過這段時間的休養，實力也不容忽視的，何況現在是攻城戰，不是野戰，燕軍派那麼笨重的士兵上來，不是等著被石頭砸死嗎？將軍，出擊嗎？」另一員偏將道。

顏良怒道：「你是主將，還是我是主將？再在這裡囉囉嗦嗦的，小心人頭落地！給我退到後軍去！」

兩個偏將悻悻而退，連屁都不敢放一個，調轉馬頭，便朝後退去。

顏良看著對岸漆黑一片，便吩咐道：「來人，命令弓弩手射出火矢，我要看看對岸到底是什麼情況！」

「諾！」

命令下達後，兩千名分散在護城河兩岸的士兵便紛紛準備了裹著油布的箭矢，點燃之後，拉滿弓箭朝護城河對岸射了過去。

密密麻麻的零星火光照亮了夜空，那點點火光落在地上時，將周圍的一片黑暗盡皆驅散。

顏良一直在注視著對岸的情況，在火矢微弱光芒的照耀下，他看見對岸竟然是一片空地，身穿重鎧的騎兵則遠遠地排在後面，隱藏在夜色中。

他的嘴角浮現一絲笑意，急忙吩咐道：「收起吊橋，全軍退回城池，緊閉城門，沒有我的命令，任何人不得出城。」

鄴城東門外，太史慈、高林、盧橫、廖化、周倉五人登時傻眼了，看到顏良即將被誘出城池，卻被一通火箭給破壞掉了計畫，五個人都面面相覷。

「他奶奶個熊！顏良不過匹夫之勇，為何會想到如此辦法？」太史慈窩著心中的怒火，緊握手中大戟，恨恨地道。

盧橫道：「顏良、文醜乃袁紹帳下名將，勇冠三軍，也許是因為在鉅鹿之戰中受到了挫折而變得謹慎了。」

「顏良退入城中，我們一切的努力都白費了，現在該怎麼辦？」高林憂慮地道。

廖化道：「也不見得，主公讓我們這樣做，只是防止敵軍前來襲擾，既然敵軍不來，那我們就繼續挖掘深溝、構建壁壘就可以了。連夜挖掘成功之後，明天必然能夠給城裡的人一個極大的震懾。」

太史慈不服氣地道：「都說顏良、文醜厲害，我就是想找個機會跟這兩個人交交手，比試一下，看看到底誰高誰低。」

周倉笑道：「太史將軍不要著急，自然會有那麼一天，既然顏良把守東門，主公又把防守東門的重任交給了你，那就說明主公是想讓你斬殺顏良的。」

太史慈聽到周倉這番話，衝周倉笑道：「老周，我就喜歡聽你說話，雖然平時沉默寡言，但只要一張嘴就很中聽，不像張郃那廝，油腔滑調的，活該讓他守南門！」

太史慈和張郃算是死對頭了，見面就吵，有功必爭，早已經不是什麼新鮮事了。太史慈這略帶孩子氣的話，盧橫、高林、廖化、周倉四人聽了都搖搖頭，表示出一副莫可奈何的模樣。

太史慈也擔心張郃在南門立功，便偷偷地對身後的副將李鐵道：「你去南門看看，張郃那裡要是有什麼動靜，就趕緊回來告訴我。」

李鐵本來是給廖化做副將的，留守天津駐防，直到前幾天，太史慈的部將王門、田楷、單經、鄒丹等人都戰死了，賈詡便舉薦他給太史慈做了副將。

李鐵快馬加鞭，很快便來到南門，但見張郃正指揮士兵如火如荼地挖掘深溝，構築壁壘，火把遍地插著，將南門外的空地上照得通亮，龐德、徐晃二將則指揮著步兵和騎兵在護城河沿岸嚴陣以待，看上去極為雄壯。鄴城的城門卻緊緊關閉，裡面沒有一點動靜。

李鐵好奇，不知道為什麼張郃要點著火把挖掘深溝，他策馬來到張郃身邊，拱手道：「末將李鐵，見過張將軍。」

張郃看了李鐵一眼，道：「哦，是你啊，是不是太史子義讓你來的？」

李鐵點點頭，道：「太史將軍擔心張將軍，所以特地差遣我過來看看。」

「呵呵，是來看我有沒有立功吧？」張郃譏諷地道：「你都看見了，我這邊可沒有交戰，平靜得很，你可以回去向太史慈覆命了。」

李鐵支吾道：「張將軍，主公不是讓我們暗中挖掘嗎，你怎麼張燈結綵的，這樣一來，敵人不就是知道我們的意圖了嗎？」

張郃笑道：「我就是讓敵人知道我軍的意圖，我要看看裡面的人有什麼反應，同時，我這裡有徐晃、龐德二將在，他們一個帶領著重騎兵，一個帶領著重步兵，雖然只有數百人，但是足以擋住敵人從城內湧出來的攻勢，所以我也就沒有必要擔心了。再說，守衛南門的人是韓猛，這個人和顏良、鞠義不同，此人為人冷靜、謹慎，沒有把握的事情一般不會做，所以我只能展示一下我軍的實力，好讓他們不自量力，不敢出戰。」

李鐵聽完張郃的解釋後，道：「張將軍高見，末將受教了，那我這就回去，也讓太史將軍用此方法，這樣一來，挖掘工作就能更順利的進行了。」

「不！守衛東門的是顏良，這人的脾氣我知道，你若是搞得神神秘秘的，他就會堅守城池，你若是明目張膽的話，他看見以後，會認為這是我軍在向其挑釁，以他的個性，不出戰才怪。而且此人勇猛無匹，我擔心太史慈不是他的對手……」

張郃急忙對李鐵道：「這句話你千萬別告訴太史慈，否則，他一定會去和顏良拼命。」

李鐵不是傻子，抱拳道：「張將軍請放心，李鐵自有分寸。那張將軍保重，李鐵這就告辭了。」

張郃繼續指揮士兵挖掘，同時看了眼站在城樓上眺望的韓猛，嘴角露出一絲微笑，自言自語道：「韓猛，我這樣大費周章的做樣子給你看，你到底知不知道我的用意何在？」

鄴城南門的城樓上，韓猛握著腰中懸著的長劍的劍柄，看著城外燈火通明，燕軍士兵正如火如荼地挖掘和擔土，而且隱約能夠看見指揮這支軍隊的張郃的身影。

「唉！」韓猛重重地嘆了一口氣，心中暗暗地道：「儁乂，一別十年，不想我們竟然如此重逢……」

「將軍！」一名斥候來到韓猛身邊，抱拳道。

韓猛見斥候面容十分的熟悉，道：「你……你是二公子的……」

「噓……」那斥候急忙伸出一根手指放在脣邊，噓了一聲，然後四下張望了一下，道：「韓將軍，能否借個地方說話？」

韓猛指著四周的士兵說道：「但說無妨，這裡都是我的親隨，不必向他們隱瞞什麼。」

那斥候顯得有點遲疑：「這……」

「想說就說，不想說就算了，既然是二公子讓你來了，必然有什麼事情，如果你沒有將事情圓滿的傳達給我，只怕二公子那裡你不好交代吧？」韓猛冷冷地道。

那斥候頭皮發麻，急忙道：「我說我說，少主讓我來請韓將軍過府一敘，想當面答謝將軍上次相助。」

「現在？」韓猛驚奇地問道。

「對，就是現在，二公子還在府裡等著呢！」

韓猛看了眼城外的燕軍，面色漸漸恢復平靜，說道：「麻煩你回去轉告二公子，韓猛公務纏身，無法去見二公子了。至於二公子什麼答謝之類的，我看就免了，不過二公子的好意我心領了，你轉告二公子，就說我韓猛只是做了應該做的，讓二公子不必放在心上。」

那斥候聽韓猛拒絕了袁熙的邀請，雖然面帶難色，也不得不向韓猛拜別：「韓將軍的話我會轉告二公子的，那在下就告辭了。」

「等一下……」韓猛叫住斥候。

「韓將軍還有何吩咐？」

韓猛從懷中掏出一塊金子，放在斥候的手中，道：「這個你拿去，幫我去一趟大牢，打通關節，讓獄卒好好的對待沮授，現在唯一能夠拯救鄴城的，也只有他了。」

那斥候推辭道：「韓將軍放心，二公子自會處理的，這金子在下萬萬不敢收……」

韓猛喝道：「讓你拿你就拿，有錢能使鬼推磨，二公子雖然身分尊貴，可對付那些油腔滑調的獄卒，就得用這最簡單的方法。二公子的錢財用度一向從侯府的府庫支出，府庫的日常管理都歸郭圖節制，不能因此引起郭圖懷疑，懂嗎？」

「懂……懂……韓將軍深謀遠慮，在下佩服，在下這就回去向二公子覆命。」

「還有，讓二公子別再竊取兵符了，一旦被主公知道，輕則囚禁，重則入獄，二公子現在是唯一一個能夠和沮授見面的人了，你去讓二公子幫我問問沮授，就說並州的呂布來了，和高飛聯手攻打鄴城，而且敵軍圍而不攻，企圖讓我軍士氣懈怠，我想知道如何才能解除眼下的困局。」韓猛雙手扶著城垛，目光眺望著外面正在挖掘深溝的燕軍，輕聲地道。

那斥候「諾」了一聲，立刻便帶著韓猛給的金子下了城樓。

韓猛看著遠處的那個熟悉的身影，心中也是一陣感傷，自言自語地道：「張郃，**看來這次是你我之間真正的較量了**，我一定不會輸給你的，一定不會！」

話音落下沒多久，韓猛的臉上便浮現出來了絲絲鐵青，一扭頭便大聲喊道：「來人！」

一個偏將立刻迎了上來，那偏將當即抱拳道：「將軍有何吩咐？」

韓猛道：「讓張南替我跑一趟西門，去見文醜，問問文醜可有對付晉軍之策！」

「諾！」

袁熙焦急地等待著，他派出去的人回來了，並且轉達韓猛的話。聽完，他問道：「韓將軍還有其他什麼話沒有？」

被袁熙派去充當斥候的奴僕回答道：「沒了，小的都說出來了，這是韓將軍給的金子……」

袁熙道：「韓猛一心為公，只可惜父親卻不重視，反而將大權交給了郭圖、審配二人，真是我軍的一大損失……」

「主人，那現在我們該怎麼做？」

袁熙道：「你拿著著金子去打通牢房，讓獄卒好好照顧沮授，我必須再去見一個人，只要有他幫忙，沮授就能逃獄，鄴城也許不會被攻破。」

「主人，難道你想去見文醜？」

袁熙緩緩道：「事到如今，除了文醜，已經沒有其他人願意冒著風險去救沮授了。」

「主人，小的明白了，小的這就去牢房打點一切。」

袁熙「嗯」了聲，也一併出了府，騎上快馬，朝文醜駐守的西門而去。

深夜的鄴城一片冷清，更夫敲響了亥時的時令，幽暗靜寂的街道上，年僅十五歲的袁熙穿著一身便衣策馬向西門奔馳，馬蹄聲在空曠的街道上顯得十分響亮，猶如黑暗之神在夜裡敲響的鼓點一般。

袁熙騎著馬剛剛轉過一個拐角，突然從西面八方湧出一撥披著鐵甲的士兵，帶頭的是一個身披亮銀鎧甲，頭戴銀盔的小將，年僅十二歲，是袁熙的弟弟，袁紹的第三個兒子袁尚。

袁熙勒住馬匹，問向那名小將：「顯甫，你要幹什麼？」

袁尚將手中拎著的長槍朝袁熙指了指，道：「袁熙，你好大的膽子，居然敢盜取父親的兵符，我現在奉命前來捉拿你去見父親，你就乖乖束手就擒吧，省得受皮肉之苦。」

袁熙看到袁尚周圍跟著的人都是袁尚的奴僕，登時怒不可遏地道：「你胡說什麼？我沒空和你瞎胡鬧，快閃開，我要去西門見文醜，你要是耽誤了我的事，我跟你沒完！」

袁尚指著給他牽馬的馬夫道：「一點都不好玩，快抱我下來！」

袁尚一著地，便朝袁熙走去，道：「二哥，你這是要去哪裡？審配不是已經發布宵禁了嗎，你怎麼還一個人走夜路？」

袁熙反駁道：「你不是也帶著一幫子人在城裡瞎鬧騰嗎？」

「我不一樣，我是巡邏，審配知道的。二哥，你是要去見文醜嗎？」袁尚臉上稚氣未脫，可言語中已經將身分置於高位。

袁熙很清楚袁尚如今的地位，他和大哥袁譚、三弟袁尚是同父異母的兄弟，袁譚的母親是袁紹的正妻，可惜現在不得寵了，饒是如此，袁譚還是以十八歲的年紀成為了青州刺史，代替袁紹守備青州。

袁尚的母親劉氏是袁紹最為寵愛的妻子，劉氏經常在袁紹面前說袁尚的好話，使袁紹越來越喜歡袁尚，所以對袁尚也就很好。他想起自己，心中不勝悲傷，他的生母過世多年，他平時又沉默寡言，久而久之便和袁紹漸漸疏遠了。

他搖搖頭道：「顯甫，你去玩吧，呂布的晉軍來了，我想去看看文醜如何破敵。」

袁尚「哦」了聲，道：「那二哥你去吧，我去別處抓違反宵禁的人。」

袁熙一路馳騁，終於抵達了西門。

西門一片寂靜，只有稀稀落落的幾支火把，昏暗的燈光照在袁熙的臉上，袁熙心中大起疑竇，失聲問道：「人呢？」

這時，從黑暗的角落裡走出來一個人，那人身材魁梧，體型彪悍，只穿著一身普通的便衣，一邊朝袁熙拱手，道：「二公子深夜造訪，必有要事，可是來找文某的嗎？」

袁熙見那人正是他所要尋找的文醜，便翻身下馬，抱拳道：「文將軍，我確有要事要找你……」

「嗯，跟我來吧，這裡不是說話的地方！」文醜拍了一下袁熙的肩膀，朝袁熙笑道。

袁熙跟著文醜來到城門邊的一間房間裡，一進門，便發現房裡還坐著另外一個人，那個人他也不陌生，正是韓猛的副將**張南**，腳步不禁遲疑起來。

張南見到袁熙，當即抱拳道：「張南見過二公子。」

文醜見袁熙表情不太自然，便道：「二公子不必拘謹，到了我文醜的房內，就都是我信得過的人，請坐！」

袁熙但聽文醜如此說，便坐了下來。

「二公子來找我，是為了沮授的事吧？」文醜開門見山地道。

袁熙道：「正是，還請文將軍從旁協助，**救沮授出獄，恢復沮授國相之職。**」

「你想我怎麼協助？」文醜看著袁熙問道。

「文將軍是我父親最喜愛的大將，父親對你很器重，如果文將軍能替沮授美言幾句，或許父親會將沮授放出來。審配、郭圖只顧爭權奪利，而且經常互相拆臺，無論是施政還是退敵，都不如沮授。

「上次鉅鹿之戰我軍雖然說傷亡慘重，但這只能說燕軍實力太強，劉備那廝的手下又故意放跑了高飛，這才導致鉅鹿之戰的失敗，跟沮授的計策無關，根本是非戰之罪。如果不是郭圖、審配惡語中傷，說沮授和燕軍互通，父親也絕對不會將沮授關入大牢，沮授也不會在牢中……」

不等袁熙說完，文醜便打斷袁熙：「二公子的話我都知道，可是主公的脾氣你也曉得，他認定的事，基本上是無法改變的。」

袁熙失望地道：「這麼說，文將軍是不肯協助我救出沮授了？如今大敵當前，燕軍、晉軍的兵馬全部屯駐在城外，將鄴城圍得水泄不通，城中糧草雖然夠全城百姓維持一年用的，可是長時間拖延下去，對我軍極為不利，一旦斷糧，全城必會陷入恐慌。袁譚遠在青州，他的兵馬不能隨意動，一旦他來救援冀州，必然會遭到曹操的攻擊，泰山之爭剛剛落幕沒有多久，曹操表面上對父親畢恭畢敬，實則陽奉陰違……」

文醜道：「二公子請放心，文醜自有分寸，但是主公正在氣頭上，現在去找主公說情，只是自討苦吃。獄卒我已經秘密撤換了人，沮授在牢房裡會受到妥善照顧，二公子無需為沮授擔心，以你現在的處境，你應該少出門，不然會引禍上身……」

「我？我能有什麼事，誰敢對我下手？」

「呵呵，二公子還是太年輕了，根本不懂人心的險惡。前兩天二公子盜取主公的兵符，這事若是傳出去，二公子就自身難保了，幸好我及時發現，替你翦除了那幾個對你有威脅的獄卒。那幾個獄卒可都是審配的心腹，審配的心思全在少不更事的袁尚身上，郭圖的心思則在袁譚身上，辛評、辛毗兩兄弟則是冷眼旁觀，至於逢紀嘛，只要事不關己，一般不會過問。試問二公子夾在袁譚、袁尚的中間，該如何明哲保身呢？」文醜意味深長地道。

袁熙覺得文醜說這番話別有含意，問道：「文將軍，你是不是在暗示我什麼？」

文醜只是笑了笑，並未回答。

張南這時插話道：「二公子是聰明人，自然能夠猜得到文將軍話中的意思。」

袁熙尋思一番，道：「文將軍，你是不是在暗示我趁早打消爭取嗣子的念頭？」

文醜道：「二公子聰明絕頂，自然能夠猜到我話中的意思。如今主公整日沉迷於酒色之中，審配、郭圖分管州事，外面尚有十幾萬大軍圍城，若要解決這種局面，單單一個沮授是萬萬無法控制的，就算主公將沮授從牢房裡放出來，他也無法再擔任國相之職，只能以幕僚身分為主公獻策。審配、郭圖必然會從中阻攔，害怕沮授立功，二公子與其在政事上籠絡沮授，倒不如在軍隊中豎立一面口碑。」

袁熙聽完文醜這番含沙射影的話語，登時便明白過來，問道：「那以將軍之見，我該如何去做？」

文醜突然舉起雙手用力拍了兩下。

「啪啪」兩聲響後，從屏風後面走出好幾個人，那幾個人都身穿鎧甲，見到袁熙，拱手道：「末將等見過二公子！」

這幾人分別是呂曠、呂翔、蔣奇、蔣濟、蔣義渠、淳于導六人，再加上張南，七員大將可都謂是趙軍的數得上名號的將軍。

他一見這陣勢，緊張地道：「你們……都聚集在一起，是想幹什麼？」

文醜和藹地笑道：「二公子放心，我們一不圖財，二不害命，只是在商議一件大事而已。」

「什麼大事？」袁熙追問道。

眾人面面相覷，一起望著文醜。

文醜向袁熙面前跨了一步，畢恭畢敬地道：「二公子，**若我等奉二公子為冀州之主，一切都聽從二公子的號令，再以沮授為國相、軍師，不知道二公子可否願意率領我們擊退敵軍，光復冀州？**」

袁熙做夢都沒想到會出現這種事，一時沒有反應過來，竟然愣在那裡。

文醜道：「二公子，我知道事出突然，但是我等已經商量好了，主公已經不是以前那個雄心壯志的主公了，審配、郭圖都不是以大局為重的人。我等都覺得如果再讓審配、郭圖這樣掌權下去，只怕以後會死無葬身之地。袁尚年幼無知，袁譚雖然剛猛，可是卻不懂得體恤下屬，我們大家思來想去，也只有二公子可以接替主公的位置了。」

「你們想奉我為主，父親那裡又該如何擱置？」袁熙的心有了一絲漣漪，當即問道。

文醜道：「很簡單，只有逼主公退位，將位置讓給二公子，這樣一來，二公子也不用夾在兩個兄弟之間了。」

袁熙見文醜等人一片誠心，問道：「文將軍，真的不會有什麼事嗎？」

文醜道：「二公子請放心，一切盡在我的掌握之中，郭圖、審配片刻便能手到擒來，主公還在宮中玩樂，近衛軍皆由馬延掌管，只要二公子一到，馬延就會立刻將主公所在的地方團團圍住。這樣一來，不但沮授可以得救，鄴城也能有一番新的氣象。」

袁熙考慮片刻後，終於下定決心，道：「好，**我願意成為冀州之主！**」

文醜等人見袁熙答應了，便一起拜道：「我等參見主公！」

袁熙擺出主公的架子，環視眾人，道：「既然你們奉我為主，就要聽從我的號令。文將軍，我問你，是不是全城的兵將都在手中牢牢掌握著？」

文醜答道：「啟稟主公，全城八萬三千六百個士兵，大小戰將五百七十八員只要我等一聲令下，都願意聽從主公吩咐。」

袁熙道：「很好，那我現在發布幾道命令，離天亮還有兩三個時辰，我要你們在一個時辰內徹底清理掉審配、郭圖在城中的黨羽。」

文醜見袁熙霸氣外露，心中暗暗讚道：「袁熙英姿勃發，頗有老主公當年之雄心，看來我文醜是挑選對人了。與其坐等審配、郭圖弄權，不如自己掌權，我身為老主公帳下第一大將，審配、郭圖二人卻不時惡語相加，**今天我要讓這兩個人連本帶利的全部還回來！**」

袁熙頓了頓，繼續令道：「淳于導，我現在任命你為鉅鹿太守，接替你兄長淳于瓊的位置，你一會兒帶領親隨趕赴大牢，將沮授從牢房中帶出來。」

淳于導對袁熙一陣感激，他兄長淳于瓊死在癭陶城，袁紹連過問都沒過問過，而且他也不受重用，早就對袁紹心存怨恨了，此時老子退位，換兒子上臺，雖然他知道這是兒子在籠絡人心，但是他還是願意心甘情願的聽從袁熙吩咐，當即抱拳道：「諾！」

袁熙有條不紊的發號施令著：

「呂曠、呂翔，你二人各帶五百人包圍審配府邸，全家老幼一個不留。」

呂曠、呂翔齊聲道：「諾！」

「蔣奇、蔣濟，你二人各帶五百人包圍郭圖府邸，不可放過一個活口。」

「遵命！」

「張南、蔣義渠，你二人各帶五百人全城搜捕審配、郭圖的黨羽，抓到之後統統關入大牢，以通敵之罪論處。」

「文醜！」袁熙朗聲道：「晉軍皆虎狼之師，呂布更是勇不可擋，先駐紮西門外，還請你妥善把守，城中的一切事情就交給我來做，麻煩你派人去通知韓猛、顏良二將，讓他們守好城門，勿以城中動亂為念。另外，請你心腹之人跟隨在我左右，我要進府見父親。」

文醜不敢置信這一連串的命令竟是出自一個年僅十五歲的人之口，讓他這個征戰沙場的將軍都覺得有點自嘆不如。

文醜朝門外叫道：「張顗！」

門外一員推門而入，抱拳道：「將軍有何吩咐！」

文醜道：「你陪主公去一趟侯府，之後的事，你該知道怎麼做了？」

張顗道：「末將明白！」

袁熙道：「事不宜遲，我們現在就行動！」

袁熙走出房門，呂曠、呂翔等人立即將文醜圍住，齊聲道：「將軍，以後真的要聽二公子的號令嗎？」

文醜斥道：「什麼二公子？是主公！從現在起，他就是我們的主公！既然你們剛才都同意了選袁熙為主公，那就不要後悔，只要殺了審配、郭圖，我等武人就有翻身之地了，救出沮授以後，以沮授的謀略，必然能夠幫助我們脫離困境，光復冀州指日可待。」

眾將聽後，也都堅定了信心，齊聲道：「我等明白！」

文醜道：「好了，袁熙確實有雄主之姿，只要大家齊心合力渡過這次危機，再加以好好輔助，他必然能夠成為河北之雄。既然主公已經給我們各自下達了命令，我們就該照辦，快去吧，不要再耽誤了，遲則生變。」

眾人道：「諾！」

袁熙帶著張顗策馬奔馳而來，守衛在趙侯府外的士兵見了，立刻去通知馬延。趙侯府。

馬延見張顗跟在袁熙身後，心想事情大致已成，連話都沒多說一句，立刻讓開道路，向袁熙做出一個「請」的手勢！

袁熙見馬延明白了，策馬來到馬延的身邊，問道：「我父親何在？」

袁紹正在宮中玩樂，趙侯府雖然說是侯府，修建的時候卻是當成王宮來建造的，袁紹意氣風發時想稱王，**可是他做夢都沒想到，非但沒有稱成王，卻被自己的兒子聯合諸將逼迫著退位。**

樂師敲打著靡靡之音，舞女扭動著曼妙的身軀，袁紹左擁右抱，雖然美酒在前，美女在懷，可是他的心裡一直悶悶不樂，在為鉅鹿之戰的失敗而掛懷。

正快活間，見袁熙帶著馬延、張顗和數十名親衛闖了進來，登時一陣暴怒：「你來幹什麼？快退下！」

「不相干的人都給我滾出去！」袁熙大喝道。

袁紹見狀怒道：「孽子！你要幹什麼？馬延！還不快把他給我轟出去！」

馬延無動於衷，作為袁紹的親衛，跟隨袁紹多年，卻始終未從袁紹那裡得到一點像樣的好處，他冷哼一聲道：「抱歉，你已經不再是我的主公了，我的主公在我眼前站著。」

袁紹瞪大了眼睛，看著馬延，又看了看自己的兒子，道：「你……你剛才說什麼？」

不等馬延回答，袁熙便搶先道：「現在說什麼都晚了，你這個主公已經被眾將給廢了，他們都覺得你太無能了，現在奉我為主。父親，我這是最後一次叫你。你的時代已經過去了，下面該輪到我了。你放心，我不會殺你，我會讓你親眼看著，**這個你一直認為最沒有出息的兒子，是如何打敗你膽怯的燕軍和晉軍的。**」

袁紹的腦子一片空白，癱軟坐在地上，兩眼無神，自言自語地道：「我被廢了……」

袁熙道：「將老主公帶走，關在寢宮裡，給他送去幾個美女，幾罈美酒，讓他天天沉迷於其中吧，沒有我的命令，誰也不准放他出來。」

馬延道：「諾！」

另一方面，呂曠、呂翔等將亦在快速地執行著袁熙的命令，將審配、郭圖的府宅全部圍定，然後帶著士兵衝進去便是一陣斬殺，全城開始搜捕審配、郭圖餘黨，淳于導也將關押在大牢裡的沮授給救了出來。

一個時辰後，眾將齊聚趙侯府。

袁熙坐在那張代表權力的椅子上，沮授被淳于導帶進了大廳。

沮授看到坐在侯爺寶座上的不是袁紹，而是袁熙，心中便起了一絲疑竇，急忙問道：「二公子，主公……主公呢？」

袁熙走了下來，拉著沮授的手，動情的道：「國相大人受苦了，國相大人一心為公，到頭來卻受到我父親的迫害，這樣的主公要他還有何用？現在起，我就是主公。」

「啊……」沮授一陣吃驚，身體顫抖起來，道：「你……你把主公殺了？」

袁熙搖搖頭，扶住沮授，道：「我袁熙還沒有那麼無情，再怎麼說，他也是我的父親。國相大人放心，我只是把他暫時囚禁起來，他喜歡美女、美酒，我就讓他盡情地去享受，在那裡頤養天年。」

沮授的心稍稍安定了一點，看到眾將雲集，審配、郭圖等謀士卻不在這裡，又道：「那審配、郭圖、辛評、辛毗、逢紀等人是不是都已經……」

「審配、郭圖已死，辛評、辛毗、逢紀等，生怕受到審配、郭圖的牽連，因而閉門不出，所以未到。我重新任命你為國相，還望先生不要推辭。」袁熙誠懇地道：「大敵當前，燕、晉兩軍在外面屯駐了十幾萬的兵馬，不知道國相大人可有什麼退敵之策？」

不用問，他就知道把袁熙拱上大位的只有文醜而已，但是他猜不透文醜為何要這樣做。

沮授重重地嘆了口氣道：「罷了罷了，不管怎麼樣，我都是在為袁氏做事，**老主公對我的知遇之恩，我就報給兒子吧！**主公在上，請受沮授一拜！」

第二章
大義滅親

沮授道：「主公，我並不是在為沮鵠擔心，而是在為沮鵠傷心，因為屬下已經決定大義滅親了，下次若是再看到他時，定然會讓人將其射殺，以絕後患。」

聽到沮授這樣說，袁熙十分感動，同時也為好友沮鵠感到悲哀。

鄴城經過了一夜血的洗禮，城內的主人從袁紹變成了袁熙，城中的文武眾人都早早的被袁熙叫到了趙侯府的大廳裡。

袁熙此時身披金甲，頭戴金盔，瘦弱的身體硬是撐起了沉重的盔甲，坐在趙侯的寶座上，環視著在場剛剛參拜他的諸多文武，抬起手，朗聲道：「都免禮！」

眾人紛紛站起，文臣以沮授為首，辛評、辛毗、逢紀、陳琳等人依次排在左列，而武將則以文醜為首，顏良、韓猛、蔣義渠、呂曠、呂翔、張南、蔣奇、蔣濟、馬延、張顗、淳于導等人依次排在了右列。

單從文武排列的次序就不難看出，袁熙和袁紹的做法完全相反，袁紹以文臣為尊，文臣排在右列，而袁熙卻是讓武將排在右列，足見他對文醜、顏良等人的重視。

東漢以右為尊，**袁熙這麼做，不僅僅是感激文醜等人將他拱上了大位，同時他也看到了手握兵權的重要性**，所以他刻意拉攏諸將，在封賞文醜的同時，還對其餘的將領都予以封賞。

「如今燕軍已經將東、南、北三門圍定，西門則被晉軍圍住，北門守將鞠義也在昨夜戰死，就連吊橋也被敵軍毀壞，北門不得不以重兵看護。文醜，你以為該如何對北門施行防守？」袁熙端起做主公的架子，問道。

文醜當即出列抱拳道：「啟稟主公，屬下以為，北門吊橋被破壞掉了，敵軍隨時可以利用吊橋攻打北門，而東、南、西三門皆完好無損，有護城河作為天然的屏障，可以澆灌鐵水封鎖三門，將所有的兵力集中在北門，和燕軍、晉軍進行決戰。」

袁熙扭頭看向沮授，問道：「國相，你有何策略？」

沮授拱手道：「文將軍言之有理，不過，這樣一來，容易讓我軍陷入困境之中，燕軍實力非同小可，晉軍也是虎狼之師，兩軍聯手攻城，不適合出城迎戰，只適合守城，憑藉鄴城得天獨厚的城防優勢，必然能夠堅守一年無恙。」

顏良反對道：「可我軍目前只有一年的糧草，一年後，糧草吃光了，那就只能坐以待斃了。與其這樣，還不如放手一搏，率部殺出重圍，暫時放棄冀州，轉戰青州，和青州刺史袁譚會合，兩軍合兵一處，再來爭奪冀州。」

辛評在袁紹面前，一向是個和事佬，因為夾在審配和郭圖中間，所以很少獻策，此時審配、郭圖已死，袁熙不但沒有動他，反而給他升官，感激之下，便挺身而出，抱拳道：

「主公，顏良將軍的話不可聽信，鄴城堅固無比，適於長守。燕軍野戰厲害，如果我軍遠離屏障和燕軍在野外決戰，等於是自討苦吃，因為許多士兵都對燕軍的那些重裝步兵和鐵浮屠嚇壞了。」

「鐵浮屠？鐵浮屠是什麼？」袁熙不解。

辛評解釋道：「哦，就是燕軍當中全身披上重甲的騎兵，連馬匹也全身披甲，每匹馬上都拴著長槍，士兵手持長標，鉅鹿之戰時，文醜、顏良等人都不是對手，何況其他士兵。」

燕軍的連環馬陣在鉅鹿之戰中一戰成名，五千鎖在一起的重騎兵隨意收割著趙軍士兵的頭顱，使得那九千多趙軍慘死在連環馬陣的鐵蹄之下，這件事給經歷過這次戰鬥的趙軍將士留下了很深的陰影，而趙軍士兵不知其名，便紛紛呼喊其為「**鐵浮屠**」。

袁熙聽完，點點頭道：「燕軍野戰厲害，還是不要輕易出戰的好……」

「主公，不可長他人志氣滅自己威風啊，我顏良不才，願意帶領一支軍隊再去會會燕軍的鐵浮屠，我就不信這支鐵浮屠真的能夠無堅不摧。」顏良不服氣地道。

袁熙沒有理會顏良，問向沮授：「還請國相大人縝密籌畫，該如何守城，一切全憑國相大人做主！」

文醜聞言附和道：「末將願意將所有兵馬交給國相大人指揮，以渡過目前的危機！」

袁熙宣布道：「我現在下令，國相沮授出任軍師一職，全城兵馬全部交給他調度，包括我在內，任何人若膽敢違抗軍師的命令，定斬不赦！」

文武齊聲抱拳道：「諾！」

沮授感動不已，道：「屬下定當不辜負主公厚望，嚴守此城，誓要擊退敵軍！」心中暗道：「老主公好謀無斷，為了平衡帳下諸將和謀士的利益，將大權分散，導致爭權奪利越演越烈，才使得審配、郭圖互相拆臺。少主公卻直接將大權交給我一個人，這種信任，老夫還有什麼好說的，就算是死，也要報答袁氏兩代主公對我的恩情。」

沮授的目光轉向文醜，見文醜嘴角浮現一絲詭異的笑容，笑容轉瞬即逝，他一時無法看透那笑容代表著什麼，他暗中留意起了文醜，心中想道：

「**文醜先將袁熙拱上大位，後又讓出兵權，必定有什麼含意**。他那詭異的笑，為什麼我一點也看不透？難道是我太多疑了？」

沮授想不出所以然來，便不再想了，向袁熙拜了拜，道：「主公，屬下以為，我軍應當先破晉軍，再破燕軍。」

袁熙聽後，臉上一喜，道：「軍師有破敵之策了？」

沮授點點頭道：「呂布帶來的晉軍雖然驍勇，但都是一介武夫，只要略施小計便可以挫敗其銳氣，而且呂布的軍師這次並未跟來，而是留在邯鄲籌集糧草，這就給了我軍一個很好的機會。以呂布的性格，只要加以挑唆，就會上當受騙。主公可讓文醜、顏良二人單挑呂布，二人武藝高強，弓馬嫻熟，是勇不可擋的猛將，除了他們兩個外，別人無法勝任。只要將呂布引入甕城，便可以將其擊殺。」

袁熙道：「好，軍師把詳細的計畫說給眾人聽，該如何安排兵力皆由軍師一人做主，無需再向我詢問。」

沮授當即把自己的計畫和眾將說了，最後問道：「大家都明白了嗎？」

「明白！」眾人齊聲道。

袁熙道：「那好，現在就開始行動，早破呂布，就早一天解除鄴城危機。」

「諾！」

天色已經大亮，鄴城城外的三個城門都是深溝高壘，一道壁壘在一夜間構成。

高飛騎著馬匹巡視之後，便帶著趙雲、陳到、文聘朝西門而去，想看看西門的呂布挖掘得如何了。可是到了西門，頓時傻眼，西門外十分的平整，沒有一點挖掘過的痕跡，晉軍的士兵也懶散地在大營裡。

他急忙道：「走，跟我去找呂布，我要知道這到底是怎麼一回事！」

烈日底下，晉軍的大營裡，呂布的士兵都懶洋洋地站在那裡，看到高飛帶著親隨策馬到來，負責守門的成廉立刻迎了上來。

「原來是燕侯駕到，有失遠迎！」成廉畢恭畢敬地道。

高飛翻身下馬，看了一眼，軍營裡空蕩蕩的，裡面的士兵少之又少，便問道：「晉侯呢？」

成廉道：「哦，我家主公去附近的山上打獵去了，天沒亮就走了，估計要晚上才回來。」

「打……打獵？」高飛大吃一驚，「這個時候他還有心思去打獵？」

成廉道：「燕侯可能不瞭解我們家主公，我家主公只要想攻取的地方，沒有攻不下的，這叫做攻必取，戰必克，所以臨戰前，我家主公會去打獵放鬆下心情，然後才能全身心的投入到戰鬥中。」

高飛無奈道：「成將軍，你家主公若是回來，就請轉告他，說我高飛請他過帳一敘，還有，這鄴城打下來就是你們晉軍的了，你們若是不拿出點誠意出來，我軍只好撤圍，轉攻青州了。」

成廉一臉笑意地道：「燕侯放心，我一定轉告我家主公。」

回去的路上，文聘提著鑿金虎頭槍來到高飛面前，道：「主公，那呂布到底是怎麼想的？主公布下了如此妙計，呂布居然連帳都不買？」

高飛見了文聘手中提著的鑿金虎頭槍，好奇地問道：「仲業，你手中提的是誰的槍？」

文聘嘿嘿笑道：「是鞠義的，昨夜黃將軍斬殺了鞠義，我見這槍不錯，便拿了過來，握在手中很有感覺，便有點愛不釋手了。」

高飛嘆道：「鞠義倒是一員將才，只可惜寧死不降，對無能的袁氏太過感恩戴德了。不過他死了，倒是讓趙軍備受打擊了。子龍！你去把沮鵠叫來，也該輪到他上場了。」

趙雲「諾」了聲，策馬朝軍營而去。

陳到、文聘緊隨高飛，沿途看到護城河水一路向東北綿延出去，高飛忽然靈機一動，大喜道：「速速回營，**我已經有了破城之計**。」

大帳裡，眾將、謀士雲集，高飛道：「鄴城城防甚厚，攻打極為不易，想必敵人也知道這一點，加上昨夜我軍斬殺了鞠義，敵軍就更不會輕易出城了。所以，**現在唯一的辦法就是用水攻**。」

「水攻？」許攸眼珠子一轉，道：「主公是想決漳河之水？」

高飛笑道：「正是。」

許攸讚道：「主公真是高見，屬下也是這麼想的。」

高飛看過《三國演義》，知道**許攸曾經獻計決漳河之水淹鄴城**，因而聽許攸這麼說，嘿嘿地笑了笑。

「不過現在正值熱天，天氣異常燥熱，雨水很少下來，若決漳河之水灌城的話，必須要投入很大的人力，先進行堵截，然後再挖出一條鴻溝直達鄴城才行。」許攸補充道。

歐陽茵櫻出聲道：「你只說對了一半，我猜測主公的用意並不是簡單的灌城而已。如果要灌城的話，選擇的時間不對，在這樣的烈日之下，很容易讓水淹的效果減弱。以我看，**主公灌城是假，要用這場大水浸泡鄴城糧倉裡的糧食才對。**」

高飛呵呵笑道：「你說對了，我就是這個意思。據我所知，鄴城裡至少有一年的存糧，如果我們久攻不下，很可能會被反擊，不如先下手為強，用水淹之計泡壞敵軍的糧草，消耗敵軍的糧草儲蓄。」

賈詡聞言道：「嗯，這個辦法不錯，但是不能讓趙軍看出我軍的意圖。」

荀諶主動請命道：「主公，這件事交給我來做吧，我從南皮帶來的兩萬士兵可以派上用場，而且潘宮、穆順也想為主公立功。」

高飛道：「這件事可以交給你做，但是兩萬人太少，至少要用一半人去挖掘。你全權負責此事，帶領那五萬降兵一起勞動，讓白宇、施傑、李玉林、潘宮、穆順各自指揮一萬人……」

頓了頓，高飛看了一眼人群中的王文君，指著王文君道：「你……給荀諶當副手，一起監管此事！黃忠、張郃、太史慈！你們三人依舊把守三個城門，要嚴加看守，不得有誤！」

被高飛點到名字的人都退了下去。

「子龍，你去準備三百騎兵，帶上沮鵠，跟我到西門，我要向文醜搦戰！」高飛又命道。

「向文醜搦戰？主公，這件事由我來就好了，主公不必親力親為啊，主公乃是萬金之軀，萬一……」趙雲急忙勸道。

「我自有分寸，軍師所說的計策，這時候也該啟動了。若能以沮鵠一人感化鄴城內諸多文武的心，那也是值得的。好了，你們去忙自己的，各司其職。」高飛道。

眾人齊聲答道：「諾！」

高飛一馬當先，全身披著鋼製的盔甲，手中綽著遊龍槍，帶著趙雲、沮鵠和三百騎兵便朝西門奔去。

鄴城西門外，成廉還在大帳裡喝酒，突然聽到一陣雜亂的馬蹄聲，跑出來探頭一看，見高飛帶著一夥人來，感到十分的頭疼，道：「怎麼又來了？」

來到護城河前，高飛將手中遊龍槍向上一挑，瞪著兩隻眼睛朝城樓上站立的文醜喊道：「文醜！我乃燕侯、驃騎將軍、幽州牧高飛，今日特來向你討教幾招，你可敢與我決一死戰？」

文醜倒是挺能沉得住氣的，道：「原來是燕侯駕到，有失遠迎，不過你也別費那種口舌了，想誘我出城，門都沒有。若說單打獨鬥，我並不怕你，只是燕侯太過陰險狡詐，說不定在外面設下了埋伏，等我自己往裡面鑽呢。你還是省點口舌吧，無論你怎麼罵，我都不會出戰的。堂堂大將並不能光指望單挑，還要懂得以大局為重，抱歉了，燕侯，以後有機會，我一定會和你大戰幾十回合。」

高飛扭頭對沮鵠道：「你去罵！往死裡罵！」

沮鵠面露難色，道：「侯爺，你不是說要救我父親嗎，為什麼要罵文醜？」

「別問那麼多了，只要你在趙軍面前一露臉，袁紹肯定會將你父親放了的。」高飛道。

沮鵠將信將疑，道：「有那麼簡單？」

高飛點點頭：「你想想，沮授被袁紹關入了大牢，你是沮授的兒子，袁紹要是知道你跑到了我的軍中，他會做何感想？他一定會以為你父親通敵，這樣一來，他會毫不猶豫地下令斬殺你的父親，而以你父親的聲名，其餘眾將能不求情嗎？以你父親的性格，他一定會選擇大義滅親，袁紹也會看你父親如何殺你，只要你父親一出城，你就把你父親帶走，離開戰場，這樣就可以了。」

「就這麼……這麼簡單？」沮鵠驚道。

高飛道：「就這麼簡單，你趕快罵，最好罵得全城都知道你在這裡，除了罵文醜，你還可以罵袁紹，袁紹的氣量小，他一定會上當的。」

「萬一袁紹一怒之下真的將我父親殺了怎麼辦？」

「不會的，沮授在眾將心中形象良好，袁熙、韓猛不都是豁出去性命去救你父親的嗎？相信我，一旦袁紹真的要殺你父親，其餘的將領都會一起站出來制止的。」

沮鵠想了想道：「好吧，我一定要把袁紹罵出來，然後救我父親！」

話音一落，沮鵠來到人前，張嘴便是一頓大罵，就連文醜和別人的老婆廝混的事也都說了出來。

城樓上，文醜的臉青一陣紅一陣，沮鵠把他的風流韻事都如數家珍地給說了出來，氣得他火冒三丈。

「奶奶個熊！沮授的兒子怎麼跑到高飛的軍隊裡了？來人，快去請主公和沮授到西門來！」文醜氣得吹鬍子瞪眼。

沮鵠還在謾罵著，把他從市井上聽來的小道消息都說了出來，文醜威武剛猛的形象立刻在士兵的心目中大打折扣，守在城門上的士兵紛紛將目光移往文醜身上，對文醜充滿了質疑。

沮鵠胡亂罵了一通，罵得口乾舌燥，趙雲從後面適時地遞給沮鵠一個水囊，道：「喝口水，歇會兒接著罵，主公說你罵的效果不錯，那文醜都已經暴跳如雷了。」

「咕嘟咕嘟」喝了兩口水，沮鵠喘了喘氣，正準備繼續罵時，便聽見背後傳來一聲熟悉的大喝：「孽子！」

沮鵠定睛看見他的父親沮授臉色十分難看，身邊站著的正是袁熙，登時傻眼了，不知道發生了什麼事，急忙問道：「父親，你被救出來了？」

「你這個畜生！主公冒險把你送出城，你不去青州投靠袁譚或者隱居山林，何以轉投了燕軍？」沮授抬起發抖的手指著城下的沮鵠，大聲地罵道。

沮鵠撲通一聲跪在地上，連連向他父親磕頭，道：「父親，孩兒也是為了救你啊，這才逼不得已……父親，你是怎麼被救出來的，二公子他……」

袁熙看著沮鵠背後的高飛一臉的壞笑，大致就明白了，一把拉住動怒的沮授，勸道：「軍師，暫且息怒，我想，這是高飛在利用你們父子，再說，我營救你的事，沮鵠在外面也不得而知。他去轉投高飛，也是為了救你，此去青州路途遙遠，高飛肯定會在路上設下關卡……」

「唉！這個孽子！」沮授嘆了口氣。

沮鵠還在地上跪著，趙雲突然策馬奔馳過來，長臂一伸，將身材瘦弱的沮鵠給抱了起來，帶回了本陣。

「放我下來！放我下來……」沮鵠一邊掙扎著，一邊大喊著。

「別吵！」趙雲伸手便是一掌，直接將沮鵠給劈暈了過去。

高飛看到城樓上出現不尋常，指著穿金盔金甲的少年問道：「那人是誰？」

「啟稟主公，那人乃是袁紹之子，袁熙。」有認識的人答道。

「袁熙？袁熙怎麼穿著和袁紹一模一樣的盔甲？**難道袁紹死了？**」高飛心裡

一陣突兀。

趙雲將昏過去的沮鵠交給了下屬，策馬來到高飛身邊，拱手道：「主公，城樓上士兵的氣氛不是太對勁啊，昨天還是垂頭喪氣的，現在就像吃了什麼仙丹妙藥一樣，各個顯得生龍活虎。」

高飛衝著站在晉軍大營轅門外的成廉喊道：「成將軍，你可知道城中發生了什麼事？」

成廉來到高飛的面前，答道：「昨天城中一切平安無事，並無大事發生。」

高飛皺起眉頭，自言自語道：「如果袁紹死了，那全城應該披麻戴孝才對，可如果袁紹沒死，那袁熙怎麼穿著袁紹的盔甲？這其中一定有什麼我們不知道的事，不行，我一定得把城內的消息摸清，不能貿然進攻。」

趙雲道：「主公，沮授被放出來，那就說明城內確實發生了巨大的變化，屬下以為，應該派幾個斥候混進城裡，摸清城中狀況之後再做定奪。」

高飛道：「不，袁熙能穿那身盔甲，就說明他已經接替袁紹的位置了，袁紹到底死沒死對我們不重要了，**重要是的我們要如何採取行動**，沮授那雙眼睛可是在牢牢地盯著我們。」

「主公的意思是，放棄打探消息，直接攻城？」趙雲問。

高飛點點頭道：「直接攻城，但不是從這裡，而是從北門。走，現在到北門，架起攻城武器，開始攻打北門。」

沮授看到自己的愛子被高飛帶走，心裡十分的難受。

「軍師，高飛只不過是想利用沮鵠，不會殺他的，軍師放心好了，等擊退燕軍，我一定會把沮鵠從高飛的手中搶回來。」袁熙安慰道。

沮授卻道：「主公，我並不是在為沮鵠擔心，而是在為沮鵠傷心，因為屬下已經決定大義滅親了，下次若是再看到他時，定然會讓人將其射殺，以絕後患。」

聽到沮授這樣說，袁熙十分感動，同時也為好友沮鵠感到悲哀。他暗暗想道：「如果你當初聽我的話，去青州投靠袁譚，就不會有這麼一天了。」

沮授擦拭掉眼中泛出的淚花，掃視了一下城外的晉軍大營，目光中突然閃過一絲光芒，問道：「文將軍，晉軍的營寨一直都是這個樣子嗎？」

文醜道：「從早上開始就是這種狀態了……」

「太好了，文將軍，趁敵營空虛，速速帶兵劫營，將晉軍大營燒個火光衝天！」

文醜問：「軍師何以知曉敵軍營中沒有伏兵？」

「呂布小兒，不過一介武夫，何來的謀略？你看敵軍營中士兵懶洋洋的樣子，根本不是裝出來的，而且這大熱的天，帳篷裡面也是一陣悶熱，根本無法藏兵。我料呂布並不在營中，你火速帶領騎兵殺將出去，襲取呂布營寨，此乃破圍第一功。」沮授道。

文醜聞言道：「好，我就去殺他個片甲不留。」

沮授又對身後的呂曠、呂翔、張南、蔣奇、蔣義渠、張顗六將道：「汝等六人各自率領一千輕騎，從這裡出去，環繞城池半圈，先襲擊南門城外燕軍守兵，只需騷擾，不可戀戰，襲營之後，迅速奔馳到東門，然後配合顏良從東門裡外夾擊，摧毀燕軍的包圍。」

六將同時抱拳道：「諾！」

沮授又叫來三個斥候，吩咐道：「火速去南門、東門通知韓猛、顏良，讓他們做好出擊準備，另外去北門通知蔣濟、辛評，讓他們死守北門，不論發生什麼事，都不可輕易出戰！」

袁熙看到沮授指揮若定，心中不勝歡喜，對沮授道：「只要有軍師在，鄴城定然會安然無恙，我們一定會渡過這次危機的。」

沮授陰鬱著臉道：「主公，正所謂**一山難容二虎**，老主公雖然被囚禁了，可是城內軍心並不像想像中的那樣穩定，許多人當年是受到老主公恩惠的。如果主公不妥善處理此事的話，只怕會給主公帶來不必要的麻煩，還請主公三思。」

袁熙不笨，自然能夠聽出沮授的話外之音，望了沮授一眼，問道：「軍師，一定要這樣做嗎？」

「**當斷不斷，反受其亂**。雖然讓主公做這樣的事有點違背倫常，但是為了保住鄴城，主公應該行非常之舉。以兩個人的性命換取鄴城千萬人的性命，屬下以為這是值得的。」沮授面色嚴肅地道。

袁熙重重地點點頭，下定決心道：「軍師尚能大義滅親，何況我乎？為了鄴城，這弒父的罪名我擔了！來人！」

立刻有一個親隨跑了過來，抱拳道：「主公有何吩咐？」

袁熙下令道：「去趙侯府，賜給袁紹、袁尚毒酒，送他們上路！」

親隨「諾」了聲，立刻離開了。

沮授接著道：「主公，此事必須做到萬無一失，主公身邊這個棋子也可以捨棄了，把所有的罪責全部推到他的身上，以通敵罪名論處，斬首示眾，老主公和袁尚之死就可以與主公無關了，這弒父罪名主公也不必承擔。」

袁熙驚道：「沒想到軍師的計策會如此毒辣……」

「此一時彼一時，沮授已經看破生死，還有什麼不能做的！若主公覺得這樣做不妥的話，等鄴城之圍解後，沮授願意一力承擔這所有的責任。」

「軍師，我明白你的苦心，若非為了鄴城，你不會這樣做，我聽你的。」

袁熙隨後又叫來幾名偏將，然後附在耳邊吩咐了一番，那幾名偏將隨即領命而去。

此時，吊橋放下，西門城門洞然打開，文醜身披重鎧、手持長槍，一馬當先，身後兩千騎兵跟隨著文醜，直奔呂布的營寨呼嘯而去。

呂曠、呂翔、張南、蔣奇、蔣義渠、張顗六將隨後各自帶著一千騎兵衝了出去，朝南門方向奔馳過去。

沮授看到文醜將要衝進呂布營寨，對袁熙道：「主公，文醜此人不得不防，他費盡心機地將主公拱上大位，又毫無保留地將兵權全部讓出來，和他以往的作風完全相反，屬下以為，文醜必然有什麼不為人知的秘密……」

袁熙對文醜倒是很維護，打斷了沮授的話：「軍師不也是一反常態嗎？想必文醜也和軍師是一樣的心思，都是為了鄴城著想，軍師太多慮了。」

沮授不再說話，暗暗想道：「文醜，**難道你真的和我的想法一樣，只是為了鄴城而已嗎？**」

晉軍大營前，成廉正在指揮著士兵緊守寨門，弓弩手散在兩邊，廉親自帶著騎兵隊伍迎戰文醜。

文醜衝在最前面，長槍出手，一排死屍墜地，他突然的襲擊讓晉軍守將成廉感到很詫異。成廉在高飛走後還沒有來得及關上寨門，便見文醜帶著騎兵從西門殺了出來，他急忙聚集營中士兵，擋在寨門前。

成廉手握一把馬刀，一邊揮砍趙軍士兵，一邊大聲喊道：「穩住，把這些該死的人全部給我堵回去！」

晉軍雖然看著懶散，可是一到了戰鬥時，每個人都顯得格外興奮，像頭饑餓的野狼一樣，猛地撲向趙軍，硬是堵在了寨門前。

文醜早就聽說過晉軍嗜殺成性，他見出來迎戰的晉軍士兵大約只有一千人，可是竟以他們的血肉之軀堵住了騎兵的衝擊，心中不禁一震。

成廉是呂布手下八員健將之一，弓馬嫻熟、勇力過人，只見他一邊揮砍著趙軍的士兵，一邊隨手抓起趙軍士兵扔向敵軍陣中，騎在馬背上的騎兵在他的一抓之下，簡直不堪一擊，被他當作暗器給扔了出去。

文醜見成廉勇不可擋，綽槍策馬，從被晉軍包圍的士兵中殺出一條血路，直接奔著成廉而去。

成廉看見文醜到來，嘴角湧現一絲笑容，隨手抓起一個趙軍士兵便朝文醜扔了過去，大聲喊道：「來得正好！我正想會會你！」

文醜長槍一撥，將成廉扔過來的人給撥開，面露猙獰之色，一雙銳利的目光緊緊地盯著成廉，雙手握緊長槍，欲待刺時，卻發現成廉猛然從馬背上跳了起來，一個惡鷹撲食的姿勢朝他撲來，同時手中的馬刀也順勢劈下。

他冷笑一聲：「不自量力！」

話音還未落下，眼看成廉的馬刀就要落在文醜的肩膀上，但見文醜長槍一轉，依靠長槍的長柄將成廉掃落到人群中，然後順勢手起一槍，直接刺向成廉肋下。

成廉太高估了自己的實力，根本沒有想過他是否是文醜的對手，只覺得肋下一陣冰冷，然後傳來一陣劇痛，便「啊」的一聲大叫了出來，手中馬刀同時揮砍了出去。

文醜的槍沒有絲毫停留，刺進去後隨即便拔出，槍尖向上一挑，鋒利的槍尖沿著肚皮到了成廉的喉頭，手只輕輕地向前一送，那長槍的槍頭便直接刺進成廉的喉嚨，鮮血從成廉的脖頸間噴湧出來，成廉急忙捂住喉嚨，想叫卻叫不出聲，憤恨的目光看著文醜，右手握著的馬刀用力的擲了出去。

馬刀凌空飛向文醜，文醜側了一下身子，馬刀從他的身邊飛過，反刺進後面一個晉軍的騎兵背後，那騎兵發出一聲慘叫便墜下馬來。

文醜見成廉沒死，還在掙扎，便拔出腰中佩劍，策馬朝成廉衝去，大聲喊道：「讓我來給你一個解脫！」

「唰！」

一顆人頭凌空飛起，一道血柱衝天噴出，文醜插劍入鞘，看著身首異處的成廉，朝地上吐了口口水，繼續在晉軍中往來衝突。

正所謂將是兵膽，成廉一死，晉軍士兵的士氣低落，面對猛虎出閘一般的文醜和趙軍騎兵，漸漸地顯現出來了劣勢，最後無奈之下，只得向營中逃去。

文醜帶兵追擊，路過營帳時，果然沒有看見一個晉軍士兵的影子，這才不得不佩服沮授的判斷。他將長槍一招，大聲喊道：「放火燒營！」

只一會兒的功夫，晉軍留守軍營的一千士兵在文醜的猛烈攻勢下全軍覆沒，大營也頓時化成一片火海。

文醜帶著騎兵部隊返回城池，他雙腿緊夾馬肚，右手握槍，左手提著成廉的人頭，臉上綻放著桃花般的燦爛笑容。

「將軍威武！將軍威武！……」文醜的部下喊著口號，這一刻，文醜的英勇形象再次在他們心中豎立了起來。

袁熙興奮不已，看著文醜英姿颯爽地歸來，喜道：「我有顏良、文醜，何愁鄴城之圍不能解除？」

沮授沒有吭聲，不知道為什麼，他心裡很亂，一種不祥的預感總是時不時的襲上心頭。

袁熙見文醜到了吊橋邊，便對沮授道：「軍師，我們下去迎接文醜凱旋，這可是這幾天來我軍頭一次勝利，晉軍沒有了營寨，西門之圍便解除了，看來其他三個城門的包圍也會在一瞬間解除，軍師妙計實在是高啊，哈哈哈……」

「主公，不可大意。我軍雖然小勝一陣，不過是因為晉軍軍營空虛所致，雖然不清楚呂布去哪裡了，但是如果他帶領大軍回來，西門便會再次被包圍。而且，燕軍也非同小可，至於呂曠、呂翔等六將能否解除南門、東門之圍，尚且還是未知之數。」沮授怕袁熙沒有弄清時勢，提醒道。

袁熙正在高興頭上，聽到沮授的話，如同當頭棒喝，不過，他沒什麼脾氣，也頗能聽取意見，見沮授分析有理，便道：「那以軍師之見，我軍該如何布防？」

沮授道：「若要徹底解除被全部包圍，就必須在城外立下營寨，派遣一員大將駐守城外，和鄴城形成犄角之勢，進可攻，退可守。」

袁熙點點頭道：「嗯，我心中已經有數了，我們現在下去。」

「諾！」

沮授跟著袁熙下了城樓，來到城門邊時，文醜正好從城外策馬慢走過來。

文醜翻身下馬，將手中成廉的人頭拋到袁熙的面前，抱拳道：「主公，此乃晉侯呂布帳下八健將之一的成廉，如今已被某給斬了，特獻予主公！」

袁熙瞅了瞅成廉的人頭，衝文醜笑了笑：「很好，文將軍首立大功，當予以獎賞，不知道文將軍想要些什麼？」

文醜抱拳道：「末將什麼都不要，此乃軍師的功勞，末將只不過是略盡一些綿薄之力罷了，主公若賞的話，應該賞給軍師才對。」

袁熙見文醜不爭功，歡喜得很，拍了拍文醜的肩膀，讚道：「將軍如此謙讓，實在是我軍之福，若全軍將士都如同將軍一般，大家齊心協力，必然能夠解除鄴城之圍。」

沮授瞥了文醜一眼，心中暗道：「文醜向來喜歡爭搶功勞，可是……站在我面前的文醜卻一反常態，非但有功不要，還要推給別人，這文醜心裡到底在想些什麼？」

文醜似乎發現了沮授異樣的表情，見沮授默不作聲，便笑道：「軍師，如今西門之圍已經解除了，呂布大軍不知去向，不知道下一步我們該怎麼辦？」

「哦……」沮授捋了捋鬍鬚，看到不遠處晉軍大營裡的熊熊火焰，便道：「呂布大軍必然還會回來的，如今西門之圍解除了，可是還會有可能被敵軍包圍，若要永遠解除被包圍的可能性，就只能在城外立下一寨，然後和鄴城互為犄角……」

文醜請命道：「交給我吧，我願意率領一萬馬步在城外立下營寨，和鄴城互為犄角。」

袁熙見文醜自告奮勇，便道：「很好，那就給你一萬馬步，立刻在西門外立下一座營壘，務必緊守營寨，若有敵軍出現，只可堅守，不可出戰。敵軍若攻打營寨，我就率領大軍從背後掩殺，敵軍若攻打城池，你就從背後掩殺，形成犄角之勢。」

文醜抱拳道：「諾！」

袁熙給了文醜一萬馬步軍，讓文醜在城外立下營寨，和鄴城遙相呼應，他則另派他人守衛西門。吩咐完後，便帶著沮授等人一起回城去了。

與此同時的鄴城南門外，張郃在燕軍營寨的望樓上向遠處眺望，見鄴城南門的城牆上士兵林立，弓弩齊備，自語道：「一別十年，韓猛排兵布陣倒是越來越顯得老辣了，看來南門不宜攻打。」

從燕軍營寨到鄴城護城河的空地上，一萬步兵都躲在昨夜剛剛挖掘好的深溝裡，一道道深溝縱橫，深溝與深溝間，每隔十米便空出一小塊狹長的空地，從空中俯瞰，就像是設立了層層關卡一樣。

除此之外，在吊橋附近還堆起了兩道土牆，徐晃、龐德二將各自帶領著五百重步兵和重騎兵藏在土牆之後，一旦敵軍放下吊橋，準備從城中突襲，徐晃、龐德便會立刻殺出，將從城門裡湧出來的人給堵回去。

張郃站在望樓上，看著對面城牆上戴盔穿甲的韓猛，笑道：「我看你怎麼出來！」

南門城牆上的韓猛也同樣在望著張郃所布置的防線，嘆了口氣，自言自語道：「儁乂的防守如此嚴密，若想從他的防守中衝出去，可真不是一件容易的事。」

韓猛和張郃是同鄉，韓猛略大張郃幾歲，還是一個村的，兩人算是穿一條開襠褲長大的。張郃十歲時，意外救下一個老者，老者感念他的救命之恩，留下一卷兵書，兩人便一起研讀，遇到什麼不懂的地方都互相請教。

可惜好景不長，張郃十五歲時河北大旱，韓猛的父親忍受不住饑餓，夜晚去張郃家偷取糧食，結果被張郃的父親發現了，兩人為了糧食扭打到一起，驚動了周圍的鄰居。韓猛的父親自覺臉上無光，便自盡身亡，韓猛的母親也跟著殉情，留下孤苦無依的韓猛。

這件事在韓猛的心裡留下了極大的陰影，他認為父母的死都是張郃一家人造成的，憤怒之下，便和張郃決裂，帶著身上的半卷兵書離開了家鄉，開始流落四方。

張郃也曾經去找過韓猛，可是沒有找到，無奈之下只能回到家鄉，直到黃巾起義時，他才應徵入伍。而韓猛在機緣巧合下，遇到被譽為第一劍客的王越，得到王越傳授的劍法，苦練成才，最後在豫州的汝南郡遇到袁紹招收門客，便從此跟在袁紹的左右。

如今兩人再度重逢，十年前的往事一點一點的在兩人的心中浮現出來，使得兩人都是十分感慨。

韓猛看著站在望樓上的張郃，道：「儁乂，如今我們各為其主，已經難以再敘舊情，這場戰爭不管是誰勝利，都將是你我一決高下的戰場。」

「將軍！主公有令，讓將軍一會兒配合呂曠、呂翔、張南、蔣奇、蔣義渠、張顗六將合擊城外敵軍。」一個斥候走到韓猛身邊，道。

韓猛的思緒被打斷了，扭頭問道：「你說什麼？他們六個人是怎麼出去的？」

斥候道：「從西門出去的，圍在西門外的晉軍也不知道呂布帶到哪裡去了，只留下一千人守營，軍師看準時機，便讓文將軍帶兵衝殺，呂曠等便趁機從西門殺出，現在正繞道南門，準備從燕軍背後殺出，還請將軍予以配合！」

韓猛道：「我知道了，你回覆主公，就說韓猛定當竭盡全力，率部猛衝燕軍大營！」

韓猛看著對面嚴陣以待的燕軍，皺起眉頭，心道：「饒是有呂曠等人從背後殺來，張郃的防守也是十分嚴密的，呂曠等人應該帶領的都是騎兵，可是張郃若讓全軍躲在深溝裡，那騎兵就會被分割成許多部分，我若要強攻的話，必然會損兵折將，該怎麼辦呢？」

韓猛正在思索間，燕軍大營背後突然出現一群趙軍騎兵，趙軍騎兵分成六股，每一股都排列成錐形向前猛衝，從城樓上看去，就像是六把利劍一樣。

「糟了，已經來不及了，必須儘快想出辦法才行！燕軍重步兵和重騎兵根本就是牢不可破，箭矢根本傷害不到他們，我若想出城，必須要先打敗這堆鋼鐵戰士……」

韓猛的思維迅速旋轉著，目光也在四處遊走，當他看到城牆上用於支撐門樓的柱子時，腦海中迅速閃過一個念頭，他用力地拍了一下大腿，臉上也現出笑容，叫道：「有了，就這樣辦！」

韓猛快步下城樓，朗聲叫道：「傳令下去，從附近拆卸一千根長的木樁來，再選一千名精壯力大之士，隨我一同出城！」

第三章

囊中之物

張部看了眼城樓上插 著的「趙」字大旗，道：「鄴城已經成為囊中之物，早晚我都會親手砍下那面大纛！」

徐晃道：「將軍，鄴城攻下後，屬呂布的晉軍所有，只怕要將燕軍的大旗插在這座城樓上，還需要有一段時間才可以。」

張郃還站在望樓上眺望，忽然聽到大營背後傳來一陣雜亂的馬蹄聲，急忙轉過身子，定睛看見趙軍從背後殺來。

他吃了一驚，想不出在大軍層層包圍鄴城的情況下，還會有騎兵從城中殺出來。他立刻叫道：「敵襲！全軍戒備！」

大營中預留了五千弓弩手，一半弓箭手，一半連弩手，在張郃的一聲令下後，便迅速向營寨後面集結，隔著木柵欄迎擊來犯之敵。

望樓上的警鈴被敲響了，大營前面躲藏在戰壕中的一萬步兵紋絲不動，絲毫不受敵襲的影響。張郃這時已經下了望樓，騎上馬便迅速朝營寨後面奔馳而去。

大營只有一個寨門，其餘地方皆是用木柵欄環繞一圈，營後的一片空地上，弓箭手已經拉滿了弓箭，見到趙軍騎兵快速衝進了射程，所有弓箭手在其軍司馬的指揮下開始朝天射出了箭矢。

那箭矢以迅疾的速度飛越了出去，墜落在騎兵群裡，亂箭飛舞，立刻有一片騎兵從馬背上墜落下來。

呂曠、呂翔、張南、蔣奇、蔣義渠、張顗六將帶領的騎兵很快便融合到一起，擰成一股巨大的利刃，向燕軍營寨衝了過去。

可是，第一波衝在最前面的千餘騎兵只眨眼的功夫，便在燕軍強大的弓箭和弩箭的交織下倒了下去，遺留一地的屍體。

六將見到這種情況，紛紛勒住馬匹，但聽張南道：「燕軍箭陣太過厲害，較之我軍的硬弩要猛烈十倍，而且我從未見那些弩手填裝過弩箭，就好像是敵軍弩手有源源不斷的弩箭一樣，你們可有什麼辦法突破這箭陣嗎？」

蔣義渠道：「看來燕軍早就有所防範了，強攻的話，只怕會傷亡慘重，不如衝毀燕軍大營的木柵欄，然後再驅動騎兵進行猛烈的攻擊，就算是用馬蹄子踏，也能將這些弓弩手給踏死，只要我們一近身，他們想跑都跑不了。」

蔣奇道：「那我們該如何智取呢？」

呂曠觀看了一下燕軍大營，道：「不如分兵衝撞，從左、中、右三方齊進，燕軍兵力一旦分散，箭矢就不會太過密集，也同樣給了我們機會。」

張南道：「好，這個提議不錯，我帶兵從左翼衝撞燕軍大營的柵欄。」

「我從右翼進行衝撞！」張顗接話道。

六將中，以蔣義渠的職位最高，所以六將基本上也以蔣義渠馬首是瞻。

蔣義渠道：「那好吧，你們兩個人各帶領一千騎兵，從左右兩翼進行衝撞，我帶領餘下的騎兵從中央進行衝撞，吸引敵軍視線。記住，一定要成功，只要衝毀了敵軍的柵欄，我軍便可暢通無阻地進入敵營殺敵，到時候敵軍的箭矢就統統都是狗屁了！」

張南、張顗二將道：「將軍放心，我二人必然勇往直前，絕不後退！」

蔣義渠點點頭，立刻分了兩千騎兵給張南、張顗，他自己則帶領剩下的三千騎兵全部聚集在一起。

「呂曠、呂翔、蔣奇。」蔣義渠朗聲喊道。

「將軍有何吩咐？」呂曠三人齊聲道。

蔣義管道：「你們誰願意為前鋒？」

呂曠、呂翔互相對視了一眼，同時指著蔣奇道：「屬下以為，非蔣奇不可！」

蔣奇倒也不含糊，聽到呂曠、呂翔的舉薦，便抱拳道：「將軍，蔣奇願意擔任前鋒。」

蔣義渠和蔣奇雖然都姓蔣，可惜不是一家人，一點也不沾親帶故，蔣義渠更是瞭解蔣奇的武勇，在趙軍中，人稱「**小顏良**」，前鋒一職自然非他莫屬了。

蔣義渠重重地點點頭，道：「壯哉！我分你一千騎兵為前鋒，不管遇到什麼事，都不准後退，只要能夠衝開一個口子，我軍便能殺入敵營，盡情的收割頭顱。」

蔣奇綽了一下手中的長槍，「諾」了一聲，便點齊了一千騎兵，將騎兵布置成一個「箭矢」形狀，只等蔣義渠一聲令下。

張南、張顗各自帶領著一千騎兵向左右兩翼散去，遠遠地站在敵軍射程之外，然後再次以錐形的衝鋒陣營排列開來，也是只等蔣義渠的一聲令下。

燕軍大營裡，張郃已經來到營後，見兩個軍司馬分別指揮著弓箭手和弩手，而且營寨外面又是一片死屍，便朝那兩個軍司馬笑了笑，誇讚道：「做得不錯，這次要是立了功，我就舉薦你們兩個為都尉。」

兩名軍司馬高興地抱拳道：「多謝將軍！」

張郃的目光掃視著整個戰場，見趙軍騎兵大約只有五千人，而且又分成三個方向，冷笑一聲道：「太天真了，以為這樣做就能衝破我所立下的營寨嗎？」

張郃手下的那兩個軍司馬也一起跟著笑了起來，道：「將軍，殺雞焉用牛刀，就交給我們兄弟兩個吧，將軍只管觀戰即可。」

張郃看了一眼這兩個軍司馬，道：「潘翔，何寧，你們兩個跟著我也有一兩年了，我平時是怎麼教你們的，你們就怎麼做。趙軍突然襲擊營後，城內的韓猛必然會出城接應，指揮敵軍士兵的是蔣義渠，這次我就給你們兩個人一個立大功的機會，若斬殺了蔣義渠，我直接在主公面前舉薦你們兩個為校尉！」

潘翔、何寧兩人是張郃一手提拔的部將，由於作戰勇猛，備受張郃青睞。兩人聽到張郃的保舉，歡喜地道：「將軍儘管放心，我兄弟二人定要斬下蔣義渠的狗頭。」

張郃道：「蔣義渠將兵馬分成三個方向，看來是想衝毀營寨的柵欄，該怎麼做，你們比我清楚。這裡就交給你們兩個了，我去前軍指揮那一萬步兵作戰，和韓猛比起來，蔣義渠六人都是碌碌之輩了。」

潘翔、何寧道：「將軍儘管放心，我們兄弟如若不勝，提頭來見！」

張郃又看了一眼戰場的形勢，嘴角上浮現出一絲輕蔑的微笑，「駕」的一聲大喝，頭也不回的走了。

潘翔、何寧立刻分出一千士兵，每五百人為一隊，分散在兩翼，等候著趙軍騎兵將要進行的衝擊。

「注意，還是老樣子，遠近交替，半人半馬，敵人若要靠近了，就讓他們嘗嘗我軍的厲害！」潘翔大聲喊道。

全軍將士一起回答道：「諾！」

蔣義渠遠遠地望去，但見燕軍開始進行分兵防禦，他抬起手中長槍指著軍營大聲道：「張郃真是個庸才，這樣的人居然也能入選燕雲十八驃騎，可見燕軍並無甚將才。」

呂曠問道：「聽說張郃和韓猛是同鄉，從小一起研讀兵法，將軍不可大意啊。」

「小小張郃何足掛齒，就連那韓猛若不是因為跟隨老主公比我早，也絕對不可能受到重用。韓猛只不過是仗著他超群的劍法而已，一個山野村夫知道什麼是兵法？張郃小子也不過如此嘛，今日定要斬下張郃的人頭，給我軍揚威，要讓燕軍都知道，我蔣義渠一點都不亞於顏良、文醜、韓猛等輩！」蔣義渠自誇道。

呂翔問：「將軍何以知曉張郃便是庸才？」

蔣義渠笑道：「你們看，敵營中雖然進行分兵防禦，可惜分到左右兩翼的士兵只不過才各五百人，怎麼可能抵擋得住張南、張顗的兩千騎兵？」

蔣奇見敵營中的兵力分布果然如蔣義渠所說的一樣，便對身邊的士兵喊道：「拿連環鎧來！」

士兵從一匹無人的馬上取下那匹馬所馱著的一個包裹，然後回到前軍，將包裹交給蔣奇。蔣奇隨即脫去身上所披著的鐵甲，從包袱中取出家傳的連環鎧，穿在身上，對蔣義管道：「將軍，我已經準備好了，下令吧！」

那連環鎧乃是雙重鐵板打造，露在最外面遮擋前胸的，是一塊大約三公分厚的鐵板，中間和貼身的那塊鐵板有著一段距離的隔空，若是箭矢穿透了第一層鐵板，箭矢的箭頭部分受到巨大的阻力而會被阻斷在隔空層裡，卻無法穿透他貼身所穿的底層鐵板，而且在中間的隔空層裡還有一層厚厚的牛皮，也是為了減弱箭矢的威力而精心設計的。

蔣奇手持長槍，一馬當先的飛奔了出去，他全身伏在馬背上，遠遠望去，只見一匹快馬衝來，卻看不見馬上的人兒，他身後帶領的一千騎兵也緊緊跟隨，在向前猛衝時，擺出一個騎兵衝擊慣用的錐形陣，朝著燕軍大營而去。

「呂曠、呂翔，汝二人現在出擊！」蔣義渠下令道。

呂曠、呂翔「諾」了一聲，便帶著一千騎兵迅速出擊，組成了第二道錐形的騎兵陣形。

蔣義渠等呂曠、呂翔帶著士兵奔馳出一段距離後，自己帶著剩餘的一千騎兵衝了上去，形成第三波衝擊隊形。

遠在燕軍左右兩翼的張南、張顗二人見蔣奇打頭陣衝了上去，兩人也同時一聲令下，帶著各自的一千騎兵朝燕軍大營的左右兩側衝了過去。

張南、張顗見分兵進行防守的只有區區五百人，心裡都是高興不已，臉上露出燦爛的笑容。

潘翔、何寧見趙軍五千騎兵悉數壓了過來，兩人對視了一眼，同時下令道：

「全軍退後三丈！」

蔣奇、張南、張顗三人幾乎是同一時間衝上去的，三個人各自帶領著部下的一千騎兵從左、中、右三面衝撞燕軍營寨，見燕軍士兵不戰自退，都以為是被他們雄渾的氣勢給嚇到了，所有騎兵的心頭都是一陣竊喜。

可是，事情並沒有蔣奇、張南、張顗三個人想像的那麼簡單，當他們奔馳到距離燕軍營寨還有三十米的時候，還沒有迎來燕軍士兵的箭陣，急速奔馳的馬匹便紛紛馬失前蹄，馬腿陷在一個個只能容下馬腿大小的坑洞裡。

一匹匹發著撕心裂肺喊叫的戰馬轟然倒地，將馬背上的騎兵全部掀翻下來，騎兵從馬背上翻了下來，在地上打了好幾個滾，沒有戰甲遮擋的胳膊、大腿、甚至是臉龐，都像是被一根根極為細小的針扎進了肉裡一樣疼痛。

前面人仰馬翻，後面快速衝來的騎兵還來不及勒住馬匹，朝著擋住道路的馬匹、騎兵衝撞了過去，又弄得一群人從馬上跌落下來。

蔣奇還在地上翻滾，可每翻滾一次，沒有被連環鎧覆蓋的身體就像是被萬針刺骨一樣，他好不容易停下來，準備雙手撐地而起，定睛看見地上排列著密密麻麻的鋼釘，鋼釘被黃土掩埋，乍看下根本無法發覺。

「這他娘的是什麼東西……」

蔣奇正在破口大罵，忽然聽見箭矢破空的聲音，他一側臉，便瞅見密密麻麻的箭矢從空中落下，他還來不及閃躲，數支箭矢便朝著他的面孔射了進去，雙眼、額頭、嘴巴都插著箭矢，弄得他面目全非。

他發著痛苦的嘶喊，身上雖然披著家傳的連環鎧，卻無法幫他再一次避過箭矢，最後躺在那密密麻麻的鋼釘地上痛苦至死。

張南、張顗兩翼也受到了重創，不同的是，他們遇到的不是鋼釘，在那陷馬腿的坑洞掀翻了一些騎兵之後，早就守衛在營中的燕軍同時拉起了埋在黃土下面的拒馬，一根根尖銳排列的木樁突然從騎兵前面出現，來不及勒住馬匹的騎兵只能撞上那些拒馬，連人帶馬都被插死。

幸運的是，張南、張顗並未衝得太前面，而是先以騎兵衝陣，他們躲在騎兵的中間指揮，兩個人及時勒住了馬匹，差點撞在拒馬上面。

兩個人剛舒了一口氣，慶幸自己大難不死，哪知道守在軍營裡的五百弩手早已瞄準了他們，一支支從連弩中連續射出的弩箭如蝗蟲般的飛了過去，將張南、張顗殘餘的數百騎兵又射得人仰馬翻。

「啊……」張顗始料不及，一聲慘叫便被一支弩箭射中面門，直接從馬背上跌落了下來。

張南倒是很聰明，直接從馬背上跳下來，躲在屍體堆積的小山後面，避過了燕軍弩箭的射擊。

他背靠著屍體，手中的長槍早已經不知道扔到哪裡了，雙手捂著急速跳動的胸口，內心裡充滿了恐懼，兩隻眼睛裡更是驚恐不已。

瞬間的變化，衝向燕軍大營左、中、右三面的三千趙軍騎兵，立刻化為了烏有，蔣奇、張顗陣亡，張南和殘餘的百餘人都面帶驚恐，心中對燕軍充滿了恐懼。

呂曠、呂翔見狀，臉上更是驚詫不已，萬萬沒有想到燕軍的大營防守竟然如此的嚴密。

蔣義渠從後面趕了過來，看到前面死屍一片，整個人也驚呆了。

「將軍，燕軍大營防守十分嚴密，我軍已經折損約四千騎兵，敵軍卻毫髮無損，若再不退兵，只怕會全軍覆沒。」呂曠急道。

蔣義渠想都沒想便道：「撤！快撤，燕軍實在太可怕了，快撤回城內。」

一聲令下，蔣義渠調轉馬頭，首先撤退，呂曠、呂翔緊緊跟隨，躲在一邊的張南則聚合殘餘的士兵，借著屍體的掩護也離開戰場，一起返回西門去了。

這邊偷襲軍營的危機一解，潘翔、何寧如釋重負，見趙軍遠去，這才下令士兵出營打掃戰場。

鄴城的南門前，韓猛為了配合蔣義渠等人的襲擊，主動放下了吊橋，打開城門後，他親自披著戰甲，帶領著一千個士兵從城門裡湧了出來。

徐晃、龐德帶領著重步兵和重騎兵躲在土牆後面，見到韓猛帶著人出來了，兩個人面面相覷，都覺得韓猛所帶的士兵奇怪異常。

這時，張郃策馬來到了前軍，看到韓猛帶著一千個手持長木樁的士兵從吊橋上走了過來，頓時覺得很是好奇，心下暗道：「韓猛這是要幹什麼？手持毫無鋒利的木樁前來送死嗎？」

說話間，張郃便趕到了前軍，從挖掘好的戰壕空隙中策馬飛馳到徐晃、龐德二人的面前，朗聲道：「二位將軍，都先不要動，我和敵軍大將韓猛有幾句話要說。」

整個南門的守軍都歸張郃調遣，徐晃、龐德二人也只不過是帶領著五百重步兵和五百重騎兵前來助陣的，兩個人聽到張郃的話後，便沒有展開行動，而是靜靜地等待在那裡，看著韓猛帶著列隊整齊的士兵，手持橢圓形的木樁從吊橋上走來。

張郃策馬來到吊橋邊，看著韓猛帶著士兵向他走來，便拱手道：「韓將軍別來無恙？」

韓猛手持一根橢圓形的木樁，見張郃身披鋼甲，頭戴鋼盔，手中的一根鋼槍也是寒光閃閃的，便朗聲道：「一別十年，不想你已經是一個堂堂的男子漢了……」

往事襲上心頭，張郃的面容稍稍有了點鬆動，道：「當年的事情……」

「不要再說了，過去的事情就過去了，現在你我各為其主，只能以雙方大將的身分進行較量。」韓猛打斷張郃。

張郃道：「好吧！我來這裡是想告訴你，趙軍大勢已去，燕軍如日中天，你是一個不可多得的將才，跟著袁紹根本發揮不出你的真本事，燕侯一向愛惜人才，唯才是舉，只要你肯歸順燕侯，必然能夠成為燕侯帳下獨當一面的大將，你昔日的抱負，昔日的夢想，或許能夠在燕侯帳下得以實現。」

韓猛仰望天空，道：「趙侯對我不薄，我窮困潦倒之際，是他給了我希望，這份恩情，不是說放就能放下的。你我從小相識，我的性格，難道你還不清楚嗎？」

張郃知道韓猛的為人，朝韓猛抱拳道：「大哥，昔日小弟兵法上尚有許多不明白的地方，今日就向大哥討教一二，以一千人對一千人，我軍出動這五百步兵和五百騎兵，若我能打敗你，就請大哥跟我一起投靠燕侯如何？」

韓猛道：「投靠不投靠是我的事情，總之，**勝負一定要在今天分出來**，我倒要看看，是你手中的上半部兵法厲害，還是我手中的下半部兵法厲害。」

「好！今日之戰，就讓我們兄弟來個了結，如果你勝了我，我就將這南門的包圍盡數撤去。可我要是勝了你，就請你打開城門，率部歸降我家主公，你覺得怎麼樣？」張郃道。

韓猛心中自有打算，只是將手微微抬起，然後用力向下一揮，身後手持木樁的士兵便做出整齊的動作，一根根又長又粗的木樁向前挺立。

張郃見韓猛沒有回答，調轉馬頭朝後跑去，道：「徐將軍、龐將軍，你們二人將所有步兵、騎兵盡數交給我指揮，請你們二人暫時退到戰壕裡去！」

徐晃、龐德二將見狀，齊聲道：「張將軍，切莫意氣用事啊！」

張郃便道：「無需多言，一切後果，張郃會一力承擔，和兩位將軍互不相干。」

徐晃對龐德小聲道：「令明，你速速去北門，將這裡的事告知主公，請主公定奪，這裡由我看守著，**我有預感，這一仗，張將軍可能會輸**，如今之計，也只有主公親自到來才能制止了。」

這時，張郃部將潘翔、何寧策馬奔馳而來，兩人來到張郃身邊，拱手道：「啟稟將軍，敵軍已經被擊退，趙軍驍將蔣奇、張顗死在亂箭之下，蔣義渠率領呂曠、呂翔、張南以及殘部退走。」

張郃陰鬱著臉，道：「知道了，回去繼續堅守營壘，不得放過一兵一卒！」

張郃看著韓猛，朗聲道：「韓將軍，你軍偷襲營寨不成，反倒陣亡了蔣奇、張顗兩員將軍，看來你配合蔣義渠夾擊我軍的計畫已經不可能實現了，我勸你還是快點放下武器，打開城門，放我軍進城，也可免去許多傷亡。」

韓猛冷笑道：「蔣義渠敗於你手也在情理之中，偷襲你軍營寨雖然不錯，可惜領兵大將太低估了你，如若是我，只怕你的營壘現在早已經被我趙軍騎兵的鐵蹄踏成一片廢墟。我今天只以這一千士兵來和你對抗，讓你見識見識我軍真正的實力。」

張郃自信滿滿，話不多說，手中鋼槍一招，五百重步兵和五百重騎兵便聚集在一起，重步兵擋在張郃正前方，五百重騎兵則分成兩批散在重步兵兩翼，馬匹並未被鐵索鎖在一起，而是以單騎形勢出現。饒是如此，一千名全身穿著鋼甲的步兵和騎兵混合在一起，也能給對方一種心裡上的壓力。

韓猛在鉅鹿之戰中曾經和燕軍的重步兵交過手，他們全身裹覆著一層鋼甲，普通兵刃根本無法傷害到他們，他苦思冥想之下，才想到用長長的木樁來制敵，所以立刻糾集一千名力士，手持著從城中各處拆卸下來的木樁出來迎敵。

張郃兵力部署完畢，他準備以重步兵為主導，重騎兵作為掩護，徹底封殺住韓猛。何況，韓猛所帶來的士兵都手持木樁，讓他更加堅信自己一定能打敗韓猛。他現在的腦海中似乎已經看見了韓猛被打敗，然後開城投降的畫面。

「前進！」韓猛顯得異常的冷靜，向前跨出一步，目光盯著對方士兵的盔甲。

「出擊！」張郃見韓猛一步步逼來，便毫不猶豫地下達了命令。

五百重步兵手持盾牌、鋼刀，邁著穩健的步伐，每向前走一步，地面上都會發出一聲「轟」的沉悶而又齊整的聲音，時而夾雜著金屬碰撞的聲音，顯得是那麼的鏗鏘有力。

左右兩翼的重騎兵沒有動，繼續嚴陣以待，但是每個騎兵都顯得有點躁動，紛紛在摩拳擦掌。

張郃單槍匹馬，矗立在左右兩翼的重騎兵中間，目光中散發著自信的光芒，緊緊地盯著即將和趙軍接觸的重步兵，臉上浮現出一絲笑容。

韓猛帶著手持木樁的趙軍士兵走在最前列，見燕軍的重步兵移動了，便朗聲道：「衝！」

一聲令下，韓猛和排在第一排的九名士兵加快腳步，將長長的木樁端平，便朝前猛衝了過去。

燕軍重步兵見到韓猛等人衝了過來，都不可置否的笑了，在他們的眼裡，刀槍劍戟都無法傷到他們，區區幾根木樁更是不在話下。

重步兵們依然邁著堅實而又鏗鏘的步伐，步步為營地向前推進，每十名重步兵排成一排，每十名重步兵為一列，分散出來五個頗有層次感的小步兵方陣，以鋼鐵的意志舉起了手中的盾牌，握緊了手中的鋼刀，準備收割趙軍士兵的頭顱。

兩軍相鄰，近在咫尺，韓猛等人舉著長長的木樁撞上對面的燕軍重步兵，但聽「轟」的一聲巨響，燕軍衝在最前排的重步兵居然被木樁給撞飛，身體向後翻倒，又撞上了後面的士兵，頓時前面三排的重步兵一個個被趙軍用木樁撞翻在地，使得原本的步兵方陣頓時停了下來。

「快，繼續衝！」韓猛看準時機，衝身後的士兵大喊了一聲。

韓猛身後的士兵聽到命令，第二排、第三排迅速分散到左右兩翼，紛紛端平了木樁，舉著木樁從左右兩翼開始衝撞燕軍重步兵，利用那長長的木樁將燕軍重步兵推倒一片，而後面趕上來的士兵則用手中的木樁不停地敲打在燕軍重步兵的身上，木頭和鋼鐵敲打過後發出的聲音不絕於耳。

「一字排開，全部壓上去！」張郃看到這一幕，自信滿滿的他大吃一驚，急忙喊道。

燕軍重步兵後面的四個百人方陣紛紛散開，排成一堵堅實的牆，然後一起向趙軍壓了過去。

韓猛見自己的計策生效了，張郃又將所有的重步兵壓了上來，毫不猶豫地道：「全軍出擊，只要不讓敵軍近身，我軍就能勝利。」

一聲令下，趙軍士兵紛紛從吊橋上湧了下來，一字排開在護城河的岸邊，舉著木樁向前衝擊。

燕軍重步兵一邊用盾牌阻擋，一邊掄著手中的鋼刀揮砍，可是由於敵軍所持的木樁夠粗，鋼刀一經砍了上去，刀刃便直接陷進了木頭裡，還沒有來得及拔出來，便見木樁一掃，便將他們的身體弄得東倒西歪。

「朝面門打！」

韓猛看到了重步兵最為薄弱的地方，那頭盔下面的面甲雖然可以防禦住鋒利的箭矢不被射進去，卻無法防禦的粗大的木樁，他輕輕將木樁朝重步兵的面門上一撞，整個木樁的柄端便覆蓋著重步兵的整張臉，在猛烈的撞擊下，頭盔下面戴著的面甲便會撞著臉龐。

隨著韓猛的一聲大叫，其餘的趙軍士兵也都紛紛看準了機會，開始用木樁撞向敵軍的面門，一時間弄得敵軍的重步兵都紛紛放下手中的盾牌和鋼刀，捂著他們的臉大聲地叫喊。

張郃看到這種情況，立刻下令道：「騎兵出擊！」

左右兩翼的重騎兵開始向前奔跑，人、馬皆披著重甲，騎士的手中持著長標，馬頭兩側也插著兩根長槍，就像是馬匹的兩個尖銳的犄角，開始攻擊趙軍的左右兩翼。

雄渾的馬蹄聲響起，韓猛看到來勢洶洶的騎兵，眉頭登時皺了起來，在他看來，雖然只有五百騎兵，可是威力卻遠在重步兵之上。他很清楚這支騎兵會給自己的部隊帶來什麼樣的災難，如果硬碰硬像打重步兵那樣衝上去，雖然能夠衝撞下來一些騎兵，可是馬匹身上的所攜帶的長槍就會刺穿自己士兵的身體。

「後退！」韓猛當機立斷，第一個主動撤退，同時大聲呼喊道。

他的話是喊出去了，可是自己手下的士兵正忙著敲打重步兵，那乒乒乓乓的碰撞聲掩蓋住了他的聲音，除了他身邊的幾個親隨聽見以外，其他的人都渾然不覺。

重騎兵氣勢雄渾地向前衝了過去，騎士們都紛紛舉起了手中的長標，看著趙軍士兵正在專心致志地對付那五百重步兵，而自己的兄弟們又在趙軍士兵的蹂躪下痛苦不堪，每個人的心中都充滿了怒火，抖擻了一下精神，同時發出一聲暴喝。

聲音如雷，傳入趙軍士兵的耳朵中時，還未來得及回頭，側面的士兵便直接被重騎兵撞飛，有的直接被長標插死，一根長標上接二連三地將趙軍的士兵串成了一串。

重騎兵斷然丟棄了手中的長標，從腰中抽出了鋼刀，在趙軍士兵的陣形裡往來衝突，揮動著手中的鋼刀砍下了不少趙軍士兵的腦袋。

慘叫聲頓時移形換位了，一聲聲撕心裂肺的慘叫聲在趙軍的陣營裡響了起來，原本略占上風的趙軍士兵因為沒有任何防備，被重騎兵這麼一衝，隊形便潰散了，加上燕軍重步兵也接二連三的從地上爬了起來，開始重拾武器、盾牌戰鬥，使得趙軍士兵的陣形亂成一團。

重騎兵將趙軍士兵攔腰截斷，趙軍士兵齊整的隊形蕩然無存，後軍一見到韓猛退回、前軍失利，紛紛朝後退去，加上對燕軍戰力的恐懼心理，使得趙軍潰不成軍。

韓猛一邊撤退，一邊懊悔地看著被燕軍重騎兵阻斷的士兵，又看了看燕軍軍容整齊，心中暗暗地叫道：「**難道燕軍真的是不可戰勝的嗎？**」

張郃揪著的心這時落了下來，見重騎兵夥同重步兵在一起收割著趙軍士兵的頭顱，嘆了一口氣道：「好險，若是韓猛指揮的是燕軍的話，這次估計就是他勝利了，可見精銳的士卒是多麼的重要。」

徐晃見張郃勝利了，也鬆了一口氣，急忙來到張郃的身邊，問道：「是否以得勝之師進行攻城？」

張郃搖搖頭道：「趙軍只損失了數百名士兵而已，城牆上站的士兵還是密密麻麻的，韓猛雖然這次敗陣給我，可是守城上絕對不會掉以輕心，攻城的話只會徒增傷亡而已。」

徐晃道：「諾！」

張郃看著韓猛逃回了城，吊橋也逐漸升了上去，看了眼城樓上插著的「趙」字大旗，自言自語地道：「鄴城已經成為囊中之物，早晚我都會親手砍下那面大纛，將燕軍的大旗插在鄴城的城樓上！」

徐晃道：「將軍，主公早已經和呂布有了約定，鄴城攻下之後，歸屬於呂布的晉軍所有，只怕要將燕軍的大旗插在這座城樓上，還需要一段時間才可以。」

張郃笑道：「主公要的不只是一座鄴城那麼簡單，他想要的是整個河北，包括呂布的並州，主公現在以退為進，其實是在增加呂布那顆膨脹的野心而已……對了，龐將軍呢？」

徐晃道：「我擔心將軍有失，便讓龐將軍去請主公了……張將軍，是我太低估了你的實力，請見諒。」

張郃道：「無妨，剛才我也差點輸掉了這場戰鬥，韓猛這個人一定要說服過來，死了太可惜了。」

徐晃見張郃對韓猛如此推崇，他沒有說話，心中只是在想：「不知道我和韓猛誰高誰低？」

鄴城北門外。

高飛帶領著黃忠、趙雲、陳到、文聘、褚燕等將，擺開了攻城的架勢，一輛輛投石車被架了起來，士兵們整齊地排列在那裡，看上去很是壯觀。

高飛一身戎裝，矗立在隊伍的最前列，身後一字排開眾位將軍，他緊盯著城樓上的蔣濟、辛評、馬延、辛毗等人，扭臉對黃忠道：「開始發動攻擊，先用投石車朝著城牆的一點猛攻，要砸出一個缺口來！」

黃忠還沒有來得及答話，便見林楚奔馳而來，抱拳道：「啟稟主公，晉軍在西門外的大營被文醜所攻破，晉軍大將成廉戰死，營壘被燒，現在文醜帶著一萬馬步軍正在西門外紮營，想和鄴城形成犄角之勢。」

「主公——」龐德策馬狂奔，一路奔馳道：「張將軍他……」

「張郃怎麼了？」高飛急忙問道。

龐德喘著道：「張將軍和韓猛打賭，以一仗小戰決定勝負，若張將軍輸了，他就主動撤去南門之圍。」

高飛眉頭皺起，問道：「雙方戰力如何？」

龐德道：「敵軍一千，張將軍也是一千，指揮的是重步兵和重騎兵，而敵軍只是一群扛著木樁的人……」

「不用擔心，張郃贏定了，你回去告訴張郃，堅守南門，切莫攻城，以後沒有我的命令，也不准再做這類約定。」

話音落下，高飛將頭一轉，對林楚道：「呂布的事情暫且放下，你去尋找呂布所在，將事情告訴給呂布。」

「諾！」林楚策馬而走。

高飛對黃忠道：「黃將軍，開始攻城！」

「諾！」

「開始攻城！」黃忠一扭臉對身後的旗手道。

旗手得令，迅速登上一輛戰車，在戰車上開始揮動著手中的旗幟，向四周所有的燕軍發號施令。

燕軍的陣營裡，得到命令後，便一起呼喊了起來，陣陣喊聲響徹天地，直衝雲霄。

吶喊聲過後，緊接著便傳來「咚咚咚」的鼓聲，鼓聲鏗鏘有力，由慢變快，最後變得非常的急促，每敲打一聲戰鼓，士兵的心裡就會多湧出幾分勇氣。

這時，高飛帶領眾將退到了中軍，登上一個在戰車上架立起來的望樓，凌空鳥瞰，雖然及不上鄴城的城牆高，但是完全可以俯瞰四周的變化。

一百輛投石車被推了出來，每輛投石車都由五個人操縱，五個士兵配合默契地將一切都準備好了，而且弓弩手也湧了上來，護衛在那一百輛投石車的左右，只要敵軍出城，就會用箭矢給予迎頭痛擊。

鄴城北門的城樓上，蔣濟、馬延、辛評、辛毗四人看到燕軍擺出攻城架勢，心頭都是一陣突兀，不知道該怎麼辦才好。

「敵軍勢大，又帶有重型的攻城器械，看來這次燕軍是準備採取強攻了。昨夜北門守將鞠義陣亡，士兵的士氣都有些低落，就連吊橋也被破壞掉了，這使得北門的防守力量頓時變得弱小了許多。辛參軍，你說現在該如何是好？」蔣濟面帶憂色道。

辛評、辛毗問道：「蔣將軍所問何人？」

蔣濟道：「你們兩個都問，有什麼好的辦法，就趕緊拿出來，一會兒燕軍就要開始攻城了。」

辛評道：「唯有堅守，別無他法。」

辛毗道：「或者……可以開城投降！」

蔣濟、馬延、辛評三人聽到辛毗的話，同時用很驚訝的目光看著辛毗。

辛毗冷笑一聲，道：「老主公已經沒有了戰心，在鉅鹿之戰後一蹶不振，少主公剛剛即位，雖然說有沮授擔任軍師，可是燕軍智謀之士也不少，賈詡、荀攸、荀諶、許攸、郭嘉等輩也都個個英才，如今鄴城被圍，燕、晉兩軍聯合攻打鄴城，試問諸位，你們認為鄴城能撐到何時？」

蔣濟、馬延不答，心中卻都在暗暗地盤算著該何去何從。

辛評皺著眉頭，對辛毗道：「佐治，你我深受老主公知遇之恩，滴水之恩當湧泉相報，現在正當是我們報答老主公的時候，你怎麼能夠說出這番話來？」

「識時務者為俊傑，我也只不過是說出了我心中的看法而已。你們一心為老主公著想，可是老主公什麼時候為你們著想過？」辛毗道。

「住口！你這個大逆不道的……」辛評怒道。

辛毗冷哼一聲，道：「大逆不道？恐怕大逆不道的事情一會兒就要發生了……」

話音未落，便見一名斥候突然闖了過來，神色慌張地拜道：「啟稟各位將軍、大人，老主公……老主公暴病身亡了……」

蔣濟、馬延、辛評聽了都吃了一驚，想想袁紹正值壯年，怎麼會說死就死了，三人同時將目光聚集到辛毗的身上，異口同聲地道：「你是不是早就預料到了？」

辛毗道：「國無二君，一山難容二虎，就算是父子也不外如是。我先走了，這裡就交給你們防守了。」辛毗一邊說著話，一邊下了城樓。

蔣濟道：「**難道趙國就要這樣亡了？**」

「小心！」馬延突然向前撲倒，將蔣濟、辛評也撲倒在地，倒地的瞬間，三人同時感到城牆發生了巨大的顫抖，城牆邊石屑亂飛。

緊接著，猛烈的撞擊一次接著一次，一顆顆大石被燕軍的投石車拋射過來，大石撞在城牆上，不是大石變得粉碎，便是城牆被砸出一個坑洞。

蔣濟的頭上、身上落滿了石屑，一邊向後爬去，一邊罵道：「奶奶個熊！燕軍的攻勢怎麼那麼猛，發瘋似的朝一個地方打……」

辛評聽到這句話，臉上突然變色，大聲道：「不好！快讓士兵準備修葺城牆，若只朝一個地方打，長久下去，必然會使得一側城牆倒塌，要先做好準備。」

馬延道：「辛參軍說得沒錯，以我看，燕軍現在不會貿然進攻，必然會先砸城牆，然後才進攻，現在應該立即修葺城牆才對。」

蔣濟道：「馬延，你帶領兩千人，從城中各處召集泥瓦匠來，再運來一些石頭什麼的，在燕軍砸壞的位置迅速修建一堵新的，我帶兵退入甕城，只要敵軍敢攻擊，我就讓他們命喪在甕城之下。」

辛評見蔣濟要退，忙道：「千萬不能退，我軍士氣低落，你若是退入甕城，就等於將整個北門拱手讓給燕軍了，北門吊橋雖然被毀，可是城門猶在，完全可以堅守。」

蔣濟道：「那好吧，我聽你的，但是如果城門真守不住了，就只能退到甕城裡面了。」

辛評點點頭：「我和你共同堅守此門，絕對不能讓這個城門在我們手中被攻破。」

高飛站在望樓上，見城牆在大石的猛烈衝撞下鬆動，嘴角上便揚起一絲笑容，道：「只要這樣下去，不出兩日，城牆必然會被攻破。」

「報——」一名斥候拱手道：「啟稟主公，橫野將軍臧霸有加急密信送來。」

高飛從斥候手中接過臧霸的密信，打開看了後，大聲笑道：「太好了，看來袁氏要徹底滅亡了。」

趙雲、魏延問道：「主公，是不是青州被曹操給攻破了？」

高飛道：「差不多了，曹操先攻泰山，迫使袁譚從黃河岸邊撤兵，之後曹操設下埋伏，伏擊袁譚的五萬大軍，使得袁譚傷亡過半，被迫又退回到黃河岸邊，暫時駐紮在祝阿，準備和曹操再度決戰，不過……」

魏延問道：「怎麼了主公？」

高飛道：「臧霸說劉大耳朵投靠了曹操，並且成功說服孔融等青州一半的郡縣……」

趙雲道：「主公，事已至此，也無可奈何了，當務之急是儘快結束冀州之戰，呂布現在動向不明，鄴城防守十分的牢固，若長時間拖延下去的話，對我軍很不利。屬下建議，增加挖掘管道的士兵，爭取在短時間內挖通漳河之水，水淹鄴城，然後再攻打城池便可事半功倍。」

高飛道：「嗯，營中還有一萬步兵，你這就帶去支援荀諶、王文君等人，務必在近期內挖掘完畢。」

「諾！」

魏延見趙雲走了，便道：「主公，那我呢？」

高飛道：「文長，也是時候用你了，不過不是冀州，而是青州。如今曹操已經占領了大半個青州，劉備雖然成功說服半數郡縣投降曹操，但是卻沒有軍兵，我要你去平原郡，和臧霸共同指揮部隊作戰，越過黃河，襲取剩餘的青州郡縣。」

「主公，如果守衛黃河的士兵去攻打青州的郡縣了，袁譚萬一流竄到冀州來，那該如何是好？」魏延問道。

高飛笑道：「我就是要袁譚來冀州，這樣一來，鄴城或許能夠早點被攻下。」

魏延沒有理解過來高飛的用意。

高飛見魏延不明白，便說道：「好了，不用想了，你還年輕，必須要經過一番歷練才行，姑且就把這次青州之行當作一次歷練，你去給臧霸當副將，臧霸曾經和曹操交過手，也和袁譚交過手，帶兵打仗上經驗豐富，你要多學習學習。」

魏延道：「諾，屬下明白，屬下不會辜負主公對我的期望。」

投石車還在拼命地砸著城牆，一輪接一輪的，黃忠、陳到、文聘、褚燕等人在各部指揮，等待著有利之機的到來。

古代的投石車相當於現代的火炮，雖然威力沒有火炮巨大，但是道理是一樣的，是攻城戰必用的武器，在冷兵器時代一直是佼佼者。

投石車的原理很簡單，就是借用投石機的機臂將巨石投放出去，利用巨石來砸對方的士兵或者摧毀城牆，所以，往往守城的一方是吃虧的，除了帶兵出城去摧毀敵方的投石車外，再也別無他法。

趙軍退入了甕城裡，留下了一個空蕩蕩的北門無人防守。燕軍的投石車在陳到的指揮下，就更加肆無忌憚的開始猛砸城牆了。

高飛站在望樓上眺望，看到北門的士兵都撤到了甕城裡，便下令道：「傳令黃忠、文聘、褚燕，出動衝車，把北門的城門給我砸開！」

斥候得令後，迅速奔到前軍，將高飛的話報告給前軍將軍黃忠。黃忠二話不說，立刻讓褚燕出動衝車，文聘帶領刀盾兵掩護，而陳到指揮的投石車則暫時停止攻擊。負責操縱投石車的士兵紛紛坐在地上休息，大口大口的喘著粗氣。

文聘帶領著刀盾兵在前開道，負責清理路上殘留的石屑，褚燕帶著衝車跟在後面，一路上相安無事，經過吊橋越過了護城河，直達鄴城北門，在確定沒有一絲危險的時候，文聘這才招呼著褚燕帶著衝車過去。

衝車一到，立刻開始對城門進行衝撞，操縱衝車的士兵一起使勁敲砸城門，每敲砸一次，便高呼一聲相互配合的號子。

蔣濟、辛評已經登上了甕城，聽到北門外投石車停止了攻擊，換來的卻是一陣衝車砸城門的悶響，心中都是一陣驚慌失措。

「不好，敵軍這是要砸城門了，快回防。」辛評緊張地叫道。

蔣濟道：「慌什麼？甕城堅固無比，就算北門城門破了，也無所謂，只要敵軍敢進來，定教他們死在亂箭之下。」

辛評道：「可是北門一旦被攻破，燕軍就可以肆無忌憚的占領北門了……」

蔣濟道：「放心，北門已經殘破不堪，根本沒有必要再進行防守了，只要我們堅守甕城即可。」

辛評嘆了一口氣，不再說話了。

「轟！」城門口的衝車還在吃力的砸著城門，將鄴城北門那偌大的城門砸得坑坑窪窪的，用了沒多久的時間，城門便被衝車砸破了。

文聘率領刀盾兵首先湧進城門，向城門裡行駛了一段路，剛從門洞裡露出頭時，便有亂箭朝他們射來。他急忙下令士兵退後，從縫隙裡去看甕城上的兵力，但見甕城上趙軍士兵林立，弓弩手都嚴陣以待，防守十分嚴密。

「只要我一露頭，那邊亂箭便會射來，如此密集的箭矢，就算想躲也躲不掉啊。」文聘心中暗暗想著，只能暫時躲避在門洞裡。

高飛看到北門被攻破了，猜測敵軍肯定在甕城設下重兵防禦，便對斥候喊道：「鳴金收兵！」

一聲令下，鳴金聲便響了起來，站在北門外的士兵都開始徐徐而退，各部退兵時也是整齊一致，讓人一看就能知道這是一支訓練有素的部隊。

中軍大帳裡，高飛將眾將聚到一起，道：「今日就到此為止，北門已經被攻破了，我軍這兩日沒少勞動，我看也是時候休息休息了。」

黃忠拱手道：「主公，北門既然被攻破了，就應該趁熱打鐵才對啊。」

高飛笑道：「不，剩下的事，**就只有等待時機了**，攻城的話，傷亡會很慘重，**我們現在要做的就是不攻城，卻又能夠把這座城給吃下來**。再說，呂布還沒有正式表演，至少也該讓我們看看呂布是如何進行表演的吧？」

黃忠道：「主公的意思是說，損兵折將的事情交給呂布去做？」

「嗯，成廉被殺，晉軍營寨被奪，呂布一定咽不下這口氣，他勢必會向鄴城發動攻擊，等著吧，**這將是一場精彩的戰鬥。**」高飛的臉上浮現出邪笑。

第四章

萬事俱備

「萬事俱備只欠東風，但願能夠如我所願，這一兩天就下一場特大暴雨。」高飛道：「麻煩你告訴荀諶，讓他再疏通一下挖掘好的河道，另外趙雲帶去的人似乎已經沒有多大作用了，讓他帶兵返回大營，我另外有安排。」

晉軍的旗幟迎著晚風飄動，一匹同樣火紅色的高大戰馬從地平線上駛來，馬上的騎士身體健碩魁梧，身披金甲，手持一桿方天畫戟，正英姿颯爽地奔馳著，他的身後，則是排列整齊的晉軍騎兵，每個人都顯得是那樣的神采飛揚。

這時，從前面的官道上來了一匹快馬，馬背上的人穿著燕軍的衣服。那人看見騎著火紅色高大戰馬的騎士，臉上便浮現出一絲喜悅，快馬加鞭的朝那人迎了上去。

兩馬相交，金甲騎士勒住座下戰馬，看到一名燕軍斥候朝他奔來，將方天畫戟一橫，朗聲問道：「原來是林校尉，不知道林校尉匆匆趕來所為何事？」

來的那個燕軍斥候正是林楚，他奉命尋找呂布，尋找了整整一個下午，直到夕陽西下、暮色四合的時候才找到。

他勒住馬匹，對呂布道：「晉侯，大事不好了，貴軍在西門外的營壘被趙軍的文醜突破了，貴軍的守將成廉被文醜斬殺，就連營壘也被一把火焚毀了，現在文醜正駐紮在城外，與鄴城形成犄角之勢，我家主公特讓我來尋找晉侯，共商大計。」

呂布聽完，本來神采飛揚的臉龐上頓時變成一陣陰鬱，緊鎖著眉頭，對後面喊道：「高順！」

高順從後軍趕了過來，拱手道：「主公有何吩咐？」

呂布道：「成廉戰死，營寨失守，敵將文醜正駐紮在城西，你率領陷陣營，把文醜給我打回城裡去！」

林楚往來燕、晉之間，對晉軍的實力也很清楚，聽到呂布讓高順去攻打文醜，急忙插話道：「晉侯，文醜率領一萬馬步在城外，單單一個陷陣營，是不是兵力太少了點？」

高順道：「我晉軍之事，無需外人多話，陷陣營雖然只有兩千人，但是對付文醜足夠了。主公，文醜是要活的還是死的？」

呂布道：「文醜是趙軍大將，殺了他對趙軍的士氣必然會有所打擊，自然是要死的！」

高順道：「諾，屬下明白，屬下告辭！」

話音一落，高順招呼了一撥兩千人的騎兵，朝著鄴城西門的方向便奔馳了過去。

張遼見高順帶著陷陣營出去，自覺必有大事發生，當即策馬奔到呂布的面前，問道：「主公，出什麼事了？」

呂布道：「成廉戰死，我軍營壘被文醜攻破並燒毀，我讓高順去把文醜的人頭取來。」

張遼道：「主公，屬下以為，對付文醜的話，應該全力而上。屬下如果沒有猜錯的話，文醜現在應該是與鄴城互成犄角，這樣一來，高將軍的陷陣營就會顯得有點單薄了。屬下斗膽向主公請命，請讓屬下率領狼騎兵和高將軍共同攻打文醜，主公則可先行到燕侯帳下商議大事。」

呂布聽了張遼的話，覺得有點道理，便道：「嗯，你去吧，務必要一戰斬殺文醜，就當是給成廉報仇了。把所有的兵將全部帶過去，既然要開始打仗了，就全部參戰，千萬不能放跑了文醜！」

張遼「諾」了聲，調轉馬頭，衝後面的兵將大聲喊道：「全軍聽令，主公有令，所有將士都跟我走！」

呂布對林楚道：「燕侯在哪個門？」

「北門……」

「駕！」呂布不等林楚的話說完便策馬狂奔。

林楚見自己任務完成，便策馬揚鞭，亦消失在暮色當中。

鄴城西門外，文醜帶領著部下剛剛搭建完營壘。

中軍大帳裡燈火通明，文醜獨自一人坐在帳裡，一副若有所思的樣子。

「將軍，你都忙一天了，什麼都沒吃，姑且吃點吧。」一個親兵端著酒菜走進大帳。

文醜擺擺手道：「擱在那裡吧，你出去吧，我想一個人靜靜。」

文醜看著燭火跳動，暗暗想道：「當初和顏良一起投靠袁紹，只不過是看中袁紹的家世背景以及他的野心，沒想到鉅鹿澤一戰後，他卻一蹶不振，連他的兒子都不如……如果這次袁氏被滅，我文醜又該何去何從？」

「報——」一個親兵闖進大帳，喊道：「啟稟將軍，晉軍突然從四面八方殺了出來，正在攻打前營，後營、左營、右營同時失火……」

文醜立刻站直身子，惱羞成怒地道：「沒想到晉軍來得這麼快，傳令下去，所有將士全部彙聚到前營，守住前寨，其他的不要管了，鄴城裡面要是看到我軍受到攻擊，一定會出兵救援的。」

話音一落，文醜當即從旁邊的武器架上拿來自己的長槍，披上戰甲，戴上頭盔，走出了大帳。

文醜走出大帳，但見三面火起，但是火勢並不大，士兵還在撲救，火勢並未蔓延，他將目光移到前軍，但見高順率領晉軍的將士正在猛攻營寨，他部下的幾位偏將根本無法抵擋。

「我軍士氣低靡，敵軍士氣高昂，我並未和晉軍交過手，不知道晉軍的實力如何，如今也只有戰鬥才知道了。」文醜自語一番，見親兵牽來馬匹，便縱身上馬，策馬向寨門奔馳而去，一邊喊道：「全軍彙聚到前營！」

文醜奔到前營，手起一槍便刺死一個晉軍士兵，然後目光在參戰的晉軍裡尋找著大將的身影。

當他掃視了一圈後，看見正前方有晉軍的兩員偏將和幾名軍司馬，毫不猶豫地便衝了上去，長槍所過之處，那幾員晉軍的將領盡皆落馬。

將是兵膽，文醜連續刺死了敵方六員戰將，當下大聲喝道：「晉軍不過如此，沒什麼好怕的，都給我殺，殺得他們片甲不留，城中部隊就會迅速殺出，裡外夾擊，必然讓晉軍有來無回！」

聲音一落，趙軍士兵頓時士氣高漲，紛紛大聲喊道：「殺啊！」

高順手持長槍在趙軍營寨前往來衝突，見文醜一馬當先衝了出來，接連刺死他的數員戰將，當即抖擻精神，單手拽著馬韁，向左朝文醜奔了過去。

「文醜！」

聽到一聲暴喝，文醜斜眼朝聲音的來源處望去，但見高順陰鬱著臉，全身鎧甲被鮮血染紅，滿臉猙獰、目光凶惡地朝自己奔來。他冷笑一聲，道：「不自量力，今日就姑且用你的頭顱祭旗！」

說話間，高順便衝破擋在文醜前面的幾個趙軍士兵，手起一槍便探向文醜的喉頭。

文醜的嘴角上揚，露出淡淡的笑容，他也是用槍的名家，一看高順的長槍出手，便知道高順想要幹什麼。他不躲不閃，目光凌厲地盯著高順，雙手緊握長槍，眼見高順的長槍刺來。

只見他的身體「哧溜」一下便消失在馬背上，一個漂亮的蹬裡藏身躲在馬腹下面，雙腿緊緊地夾住馬背，一隻手拽著馬鞍邊緣的繩子，另外一隻手舉著長槍，從馬腹下面向前斜刺了出去，槍頭直接刺向高順的肋骨。

高順見文醜突然來這麼一手，心中一驚，雙腿急忙離開馬鐙，單手按著馬鞍，以一臂之力撐起自己的身體，單手倒立在馬鞍上，另一隻握著長槍的右手急忙在前方四十五度的範圍內橫掃了一下，撥開文醜的那一槍。

「錚」的一聲脆響，兩馬迅速分開，文醜、高順重新騎坐在馬背上，向前奔跑出不到五米，接二連三的刺死了敵方的幾名士兵，並且減緩了勢頭，同時勒住馬匹，調轉馬頭，回身再戰。

趙軍前營已經亂作一團，晉軍士兵、趙軍士兵混戰在一起，分不出到底誰在哪個方向，有的只好見人便殺。

此時，趙軍左營、右營、後營的柵欄都已經被晉軍的郝萌、曹性、薛蘭三將帶兵突破，如同惡狼一般的晉軍騎兵肆無忌憚的衝進趙軍的軍營，並且向著中營彙聚。

趙軍士兵大多數都已經彙聚到了前營，以至於營中空虛，晉軍士兵猶如進入無人之地，在中營彙聚後便一起向前營殺出，和高順帶領的陷陣營前後夾擊剩餘的八千多趙軍將士。

文醜騎在馬背上，緊綽手中長槍，在晉軍士兵的包圍中廝殺著，凌厲的目光從人群的縫隙中盯著正在自己部下的包圍中廝殺的高順，心中暗道：「此人武力不俗，單是剛才那一個回合，便展現出迅捷的反應能力，若是沒有個二三十合，恐怕很難殺了他。如果這樣硬拼下去，我只能被他纏住而無法脫身……」

一想到這裡，文醜便故意避開高順，單是高順手下的陷陣營的士兵，都讓他覺得有點吃力，在他看來，他對付的與其說是士兵，不如說是一個個精心挑選的戰將，每個人的武力都不弱，直到現在，兩千陷陣營的士兵不過才死了百餘人而已，戰鬥力簡直是趙軍士兵的十倍。

三十多個陷陣營的士兵將文醜團團圍住，刀槍並舉，只要是能夠傷害人的兵刃，全部招呼到了文醜的身上。

文醜武藝過人，但是這種陣勢他還是頭一次見到，見到這三十多名陷陣營的士兵將他團團圍住，長槍手不時從他身體周圍刺出長槍，即使是對方的虛招，他也要特別留心，不然的話，他很有可能會葬身此地。

長槍如林，刀盾如牆，這三十多名陷陣營的士兵不停地從四面八方攻擊文醜，雖然多是虛招，卻也讓文醜應接不暇。

文醜吃力的招架著，根本沒有任何反擊的機會，突然座下戰馬發出一聲痛苦的長嘶，馬屁股上結結實實的挨了一槍，鮮血正在向外噴湧，就連身體也開始有點歪斜了。

「他娘的，堅持住！老子可不想死在這種地方！」文醜緊緊地拽著馬韁，衝座下戰馬大聲怒吼道。

「文醜！今日就是你的死期，我要砍下你的頭顱，給成廉報仇！」高順從文醜背後殺了出來，長槍如同靈蛇一般探向了文醜，將文醜堵住的士兵也紛紛讓出了一條道。

文醜勇猛無匹，雖然在趙軍中，顏良的名字總是排在他的前面，但是論武力，論智力，論指揮戰鬥的能力，他都遠在顏良之上，只因顏良比他年歲稍長，他才對其如此的恭敬，但是「趙軍第一大將」的名號一直在他的頭上。

做為趙軍第一大將，文醜自然有其卓越突出的一面，他以最快的速度掃視整個戰場，見自己和部下已經被晉軍士兵前後夾擊，將他們圍在了前營中，而鄴城西門的城樓上卻絲毫沒有動靜，他心中一橫，身上頓時來了極大的勇氣，衝高順喊道：「來吧，**我要讓你永遠記住我文醜的名字！**」

高順斜刺地殺了出來，文醜座下戰馬已經快支持不住了，文醜勒住了座下戰馬，不讓戰馬亂動，立在原地，緊握手中長槍，專門迎接高順的到來，而且眼神中透露著從未有過的凶狠目光。

「錚！錚！錚！」

高順快馬衝去，手中長槍在兩馬相交的時候接連刺出了三槍，攻擊文醜的胸、腹、肋三處要害，一個漂亮的連刺使用的非常到位。但是，讓他沒有想到的是，**他的連刺在文醜面前竟然被輕易的化解了**。

清脆的兵器碰撞聲還在耳邊打轉，高順便快馬馳過了文醜的身邊。

突然，高順的眼睛瞪大了起來，目光中透著幾分驚恐，他只覺得背後一股凌厲的力道向他後心刺來，心中一驚，急忙叫道：「不好，是回馬槍！」

正如高順所預料的一樣，文醜看準時機，在高順策馬馳過自己身邊時，登時使出了一個漂亮的回馬槍，端著長槍，長槍的槍頭直接刺向了高順後背連著心臟的部位。

包圍在周邊的三十多名陷陣營的士兵登時驚呼道：

「將軍——」

「閃開——」

就在這電光石火的一瞬間，一聲暴喝傳了出來，張遼掄著一柄大刀策馬快速衝了過來，聲音還在空氣中打轉，張遼便以一記「**力劈華山**」之勢直接砍向了文醜將要刺向高順的長槍。

「噹啷」一聲響，文醜手中的長槍居然斷成了兩截，槍頭落地，手中只握著一半的柄端，而一員年輕的將領陡然出現在他的面前，大刀橫在面前，擋在他和高順的中間。

文醜看了一眼斷裂的長槍，皺起眉頭，撇了撇嘴，朝地上吐了一口口水，同時抽出了腰中所佩戴的佩劍，看著張遼道：「晦氣，沒想到晉軍中除了呂布之外，還有如此能人。我文醜不殺無名之人，報上名來。」

「雁門馬邑人，**張遼是也！**」張遼自報姓名地道。

文醜冷笑了一聲：「原來你就是張遼，沒想到是個如此年輕的後生……既然來了，不給你留一點東西，你以後不會記住我文醜的姓名。」

張遼看著身陷重圍卻依然談笑自若的文醜，心中暗暗想道：「文醜不愧是趙軍名將，沒想到高將軍險些喪命在他的手底下，此人不可小覷，我須小心應戰。」

文醜環視了一圈，突然看到鄴城西門的吊橋放了下來，城門也打開了，淳于導帶領著騎兵正從城裡殺了出來，他心中一喜，當即道：

「高順、張遼，汝二人皆是呂布手下大將，但是你們都不是我的對手，如果要殺我文醜，就讓呂布親自來，今日暫且放你們一條生路，改日再戰！」

「想走？」

張遼見文醜已經被團團圍住，而文醜的部下又遠遠地被隔絕在一邊，便冷笑一聲道：「沒那麼容易！」

高順死裡逃生，此時已經調轉馬頭，回過頭來，看到張遼橫刀立馬擋在文醜面前，便策馬過去，朗聲道：「文遠，文醜果然名不虛傳，只兩個回合便已經展現出驚人的實力，現在趙軍將士已經從城中殺出，若被其前後夾擊，只怕非但斬不了文醜的人頭，還會讓我軍陷入苦戰，必須早做定奪。」

「高將軍放心，我已經讓魏續、侯成、宋憲、李封四人封鎖在城門後，只要敵人敢出來，就會被堵回去。」張遼道。

高順笑道：「文遠心思縝密，我不如也。」

張遼道：「高將軍乃主公帳下第一大將，陷陣營戰無不勝，只是今日之戰非同小可，文遠也不過是從中協助一二罷了。高將軍，文醜非一人能勝，我二人必須合力將其擊殺，城中救軍不必擔心，魏續、侯成、宋憲、李封四人自會對付。」

高順點了點頭，問道：「主公呢？」

「主公去燕侯大營了，特命我們務必將文醜擊殺。文醜勇則勇矣，但終究是一個人，我二人合力而上，應該能將文醜擊殺。」張遼答道。

高順道：「行，文醜長槍離手，手持短兵，座下戰馬也受傷了，你攻他的左邊，我攻他的右邊，讓他左右不能兼顧，先消耗他的體力，再出殺招，爭取以一招必殺結果了他。」

張遼點點頭，和高順一起凝視著面前的文醜，但見文醜座下戰馬早已體力不支，加上流血過多，竟然倒在地上，並且將文醜從馬背上掀翻了下來。

文醜急忙從地上爬了起來，手持長劍，看著高順、張遼二將一左一右地向他馳來，他將長劍橫在胸前，暗道：「短兵相接不是我的長項，看來只能用從韓猛那裡偷學過來的招式了，饒是如此，面對敵軍兩員大將，也不知道我能否脫困，只求淳于導能迅速地突破過來……」

正在思索間，高順、張遼二人的策馬便到，一槍、一刀左右夾擊，長槍刺向文醜下盤，大刀劈向文醜上身，所攻擊的地方都是要害之處。

說時遲，那時快，文醜見高順、張遼來勢洶洶，立刻縱身跳到一邊，不敢硬接。

當他的雙腳剛著地時，立刻有幾名長槍手舉著長槍撲面刺來。他見到這幾名長槍手撲面刺來，臉上浮現出一陣陰笑，身形晃動，長劍出手，刀光劍影間，便用長劍的利刃砍翻了兩個長槍手，另外一隻手順勢挾住兩桿長槍，然後用挾住的長槍橫掃了半圈，將其餘的長槍手避開。

文醜急忙插劍入鞘，一手持著一桿長槍，勇氣倍增，朝著將他包圍在內的長槍手便衝了過去，一邊大聲喊道：「擋我者死！」

高順、張遼勒住馬匹，剛調轉馬頭，便看見文醜手持雙槍欲要突圍，急忙策馬向前，並且異口同聲地道：「擋住文醜！」

兩人的話音還在空氣中打轉，文醜一個人便有恃無恐地舉著雙槍衝了上去，陷陣營的刀盾兵、長槍手一起圍了過來，將文醜圍在一個小圈子裡，並且進行攻擊。

文醜長槍入手，整個人就像變了一個人似的，立刻變得精神煥發起來，身上青筋暴起，粗壯的手臂和高大魁梧的身材以及那凌厲的目光，還未出手，僅僅憑藉著那種氣勢便將敵軍逼開數人。

十幾名陷陣營的士兵一擁而上，只見文醜雙槍抖動，寒光在夜間一閃而過，前來攻擊他的士兵立刻在脖頸間多了一道血紅的傷口，傷口上正在汩汩向外冒著血，噴得文醜一身都是。

「啊——」

十幾聲慘叫過後，文醜的一招「橫掃千軍」立刻顯現了神威，本以為其餘的士兵會被嚇退，哪知道士兵們反而更加英勇起來，一個個如同惡狼一樣撲了過來。

「文將軍，我來救你了！」

淳于導全身披甲，帶領著趙軍的騎兵已經通過了吊橋，見文醜被圍在坎心，立刻策馬狂奔，大聲喊道。

「敵將哪裡走！」

黑暗的夜裡，吊橋的一側突然響起一聲暴喝，魏續帶著一百騎兵從黑夜裡殺了出來，看見淳于導帶兵殺出，便按照張遼的指示立刻出現，瞬間擋住了淳于導的去路。

侯成、宋憲兩個人從另外一邊殺了出來，李封帶著騎射部隊來到魏續的後面，張弓搭箭，只要一見到有趙軍士兵便立刻開弓射箭。

淳于導大吃一驚，急忙勒住馬匹，見吊橋邊竟然圍了四千人，他心中多少有點恐懼，但是看到文醜在敵軍中陷入苦戰，便硬著頭皮，朝後面大聲喊道：「文將軍被圍，我們應該奮力向前，爭取將文將軍給救出來。」

淳于導身後的士兵都異口同聲地答道：「諾！」

「殺啊！」淳于導將手中長槍向前一招，大聲喊道。

魏續見淳于導自找死路，當即喊道：「放箭！」

一聲令下，萬箭齊發，晉軍士兵都是弓馬嫻熟之人，亂箭之下，趙軍士兵登時便有數百名士兵喪命在亂箭之下。

淳于導想突圍而出，奈何吊橋道路太窄，他的後續部隊無法在同一時間內通過，只能分批派遣。

侯成正拉開一張弓箭，看見淳于導毫無防備，便立刻朝淳于導射出了一箭。

那箭矢從人群中穿梭而過，筆直地射中淳于導的肩窩，淳于導在巨大慣力的作用下應弦墜馬。

淳于導這邊剛墜落馬下，身邊的親兵立刻將淳于導給拉回城門。

「趙軍敗了，趙軍敗了……」侯成看到這一幕，歡喜無限，大聲地喊道。

「射！給我射死他們！」魏續看準時機，適時叫道。

晉軍士兵頻繁地射出箭矢，使得吊橋邊的趙軍士兵死傷一片，站在西門上的逢紀看到淳于導墜馬，晉軍壓制住了趙軍士兵，當即下令道：「收起吊橋，關上城門。」

淳于導被抬上城樓，聽到逢紀下達這個命令，急忙道：「參軍，那文將軍他……」

「文醜勇冠三軍，不會有事的，何況他還有數千馬步，只要他能做到統一指揮，就能殺出重圍。」逢紀解釋道。

淳于導不再發話，嘆了口氣道：「文將軍，不是我不去救你，實在是晉軍攻勢太猛了……」

鄴城西門的城門被關上了，吊橋也被收了起來，淳于導帶著箭傷退入城中，門外留在地上的則是一千多趙軍士兵的屍體。

文醜還在前營拼命的廝殺，他既不能讓晉軍士兵近身，也不能讓高順、張遼二人馳馬而來，他是聰明的，**聰明人自然有聰明人的辦法**，他使勁朝一個方向衝去，試圖衝破陷陣營士兵的包圍。

「高將軍，不如就這樣暫時圍住文醜，你我二人去殺散其他的趙軍士兵，以陷陣營士兵的能力，一百個人足夠可以將文醜圍困致死。」張遼勒住馬匹，對高順道。

高順點點頭道：「那好，我們現在先去殺散其他的趙軍士兵，等到文醜精疲力盡了，再回來殺他不遲。」

張遼調轉馬頭，「駕」的一聲大喝，拍馬便走，和高順一起帶著其他的士兵衝入了趙軍混亂的陣營裡。

文醜見高順、張遼二將走了，心中一陣竊喜，暗暗想道：「是時候了。」

「啊」的一聲大喝，文醜虎軀一震，登時變得精神抖擻，手中雙槍若舞梨花，槍尖所過之處盡皆刺出一片鮮紅的血瓣，一個接一個的陷陣營士兵倒在他的身邊，**剛才被圍住的困頓局面立刻變成了單方面的屠殺**，他的臉上帶著笑意，暗自慶幸高順、張遼上了自己的當。

慘叫聲不絕於耳，高順、張遼聽到後面傳來的聲音，扭頭向後看去，但見文醜勇不可擋，一個人，兩條槍，在那精挑細選的百餘名陷陣營士兵的包圍中硬是殺出了一條血路。

「不好！**文醜剛才是故意向我們示弱，好讓我們放下戒心的**，快殺過去，不能讓文醜跑了。」高順大聲叫道。

高順見機行事，立刻取出拴在馬項上的一張弓箭，迅速地搭上箭矢後，將箭頭對準文醜，只聽見一聲弦響，那支箭矢便朝文醜背後射了過去。

箭矢飛快的在空氣中轉動，尖銳的箭頭劃破夜空的寧靜，從張遼的身邊飛了過去，直接朝文醜的後背而去。

文醜正在廝殺，忽然感到背後有一股凌厲的力道駛來，而且站在他面前的陷陣營士兵臉上一陣驚喜，暗叫不好，立刻將身子向後倒，同時雙槍急忙插在身後的泥土裡，用雙手拄著雙槍，雙腿向上躍起，施展出一個漂亮的後翻。

高順放出的冷箭沒有射中文醜，反而射到一個陷陣營士兵的身體。

文醜見躲過了冷箭，長吐了一口氣，正準備下來，卻見張遼狂奔而來，高順緊隨在後，他不想和張遼、高順糾纏，靈機一動，立刻從地上拔起了雙槍，依靠其過人的臂力向前移動，看上去像是踩高蹺一樣。

「休要走了文醜！」張遼喊道。

文醜行動自如，絲毫沒有感到吃力，整個人拄著兩桿長槍向前迅速移動，看見前方有一隊晉軍的騎兵，立刻丟棄了手中的雙槍，凌空而下，抬起一腳便將其中一個騎兵踹下馬來。

他的屁股剛剛落座，右手迅疾抽出腰中佩劍，前後左右各斬殺了四名騎兵，同時奪過一名騎兵的長槍，「駕」的一聲大喝，便策馬而走。

高順、張遼見文醜脫困，都懊悔不已，二人立刻帶兵追殺過去。

文醜一經騎上了馬匹，便開始繞著圈子跑。

大營中尚有五六百騎文醜的親隨騎兵被晉軍士兵圍困，他們看到文醜從身邊經過，都異口同聲地喊道：「將軍救命！」

文醜聽到喊聲，回頭看見自己的部下被晉軍士兵團團圍住，而他身後高順、張遼又帶兵殺來，尋思著自己如果沒有部下很難脫困，便綽槍策馬，一聲暴喝便從晉軍士兵背後殺了出來。

薛蘭正在帶兵圍困，口中不斷地喊著「殺」，眼看就要將這五六百騎兵圍困致死，突然聽到背後馬蹄聲響起，一聲巨大的吼聲也同時傳來，心中一驚，剛回頭張望，便見文醜挺槍而來，猙獰的面孔上滿是血跡，一雙凌厲的眸子盯得他膽寒。

他剛想策馬逃走，卻見面前寒光一閃，自己喉頭感到一陣冰涼，隨後一股熱流便順著脖頸流出，他想喊卻喊不出來，只能用雙手捂住脖子，雙手立刻便被那股熱流染紅。

當文醜經過他身邊時，他只覺得眼前一黑，整個人翻倒在地上，仰望著黑暗無邊的夜空，身體抽搐了幾下，便不再動彈了。

薛蘭被文醜一槍挑死，部眾凡是上前去阻攔文醜的，盡皆被殺。文醜就如同一隻入了羊群的猛虎一般，立刻驅散了一個口子，衝著被包圍的部下喊道：「都跟我走！」

文醜的部下見自己的將軍來救自己了，並且殺出了一條血路，立刻抖擻了精神，同時大聲喊道：「將軍威武！」

六百零八名騎兵緊隨文醜背後，在晉軍士兵中往來衝突，但凡見到自己的士兵被圍，便解救下來，一時間，兩千多人迅速合攏在一起，文醜打頭，騎兵緊跟，步兵尾隨，猶如一條扭動的蛇，身軀也變得越來越長，越來越大，很快便形成一條巨蟒。

高順、張遼看到文醜似乎是沒有目的的胡亂衝撞，讓他們吃不準文醜到底要朝哪個方向走，本來占上風的晉軍經過文醜這番胡亂攪動，也變得被動起來。

「文遠，再這樣下去，文醜肯定要脫困了，我軍的傷亡也會不斷增加，文醜這個人實在太可怕了。」高順對並肩齊行的張遼道。

張遼道：「文醜不愧是趙軍第一大將，如果文醜能夠投靠主公的話，或許我軍的實力會增加一倍。」

高順聽後，問道：「你想勸主公收服文醜？」

張遼搖頭道：「不！主公的脾氣你也知道，主公天下無雙，文醜雖然厲害，可主公並不把他放在眼裡。我的意思是，**說服文醜投靠主公**。」

「我懂了，如果文醜肯主公投降主公，或許主公就不會殺他了，而且軍師也會希望看到這一幕的。」高順道。

張遼笑道：「文醜只不過是在做困獸之鬥而已，只要將文醜等三千人團團圍住，弓弩齊射，騎兵突擊，定然能夠將文醜的部下殺死大半。」

高順道：「好，就這樣辦。」

高順立刻叫來斥候，下達了命令。晉軍士兵便退出混戰，守在周邊，加上魏續帶著侯成、宋憲等五千騎兵到來，又再一次將文醜和部下圍在坎心，李封則負責守衛在吊橋邊。

文醜見自己再次被圍，環視一圈，見南邊是曹性、郝萌二將，東邊是魏續、侯成、宋憲，北邊是高順，西邊是張遼，晉軍一萬五千人將他和三千馬步兵團團圍住，而且李封的三千騎兵則堵在了西門出口處，阻斷了他的歸途。

「文醜！」張遼向前喊道：「你已經被包圍了，識相的話，快快投降！」

文醜見自己部下有一半人都帶著傷，皺起了眉頭，心中暗道：「晉軍實力太強，從混戰開始到現在，我軍陣亡七千人，而敵軍才陣亡大約一千人，這一比七的差距實在太大了點。本來指望淳于導帶領城中士兵前來救援，沒想到連吊橋都沒有出來，便又被堵了回去，單憑我這區區三千人根本無法戰勝……」

「文醜，如今袁紹大勢已去，鄴城被團團圍住，早晚便會被攻下來，你是個將才，何必給袁紹陪葬呢？我家主公武藝超群，放眼天下無出其右者，可謂是天下無雙，以你的才華和武藝，完全可以在我晉軍中擔任獨當一面的大將。我家主公志在天下，如果你願意歸順我家主公，以後定然會青史留名，也定然會讓你成為一個千古名將。」張遼勸道。

文醜望著張遼，反問道：「我殺了貴軍的成廉、薛蘭，呂布……呂布會放過我嗎？」

張遼答道：「我家主公寬宏大量，只要你肯投降，就是自己人，之前的恩怨自然會一筆勾銷，而且，我可以擔保，只要你投降，你就會成為我晉軍中第一大將，掌控晉軍半數兵馬。」

文醜仰望鄴城西門，心中想道：「老主公，少主公，不是我文醜不想盡忠，而是大勢所趨，趙軍已經今非昔比了，我文醜能做的也只有這麼一點點而已。少主公，你別怨恨我，我把你拱上大位，其實也是出於私心。我本以為可以把敵軍打退，然後借著軍功以及你的信任掌控趙國大權，可沒有想到事與願違，既然晉軍可以給予我想要的東西，我也不必再苦苦盡忠了……」

一想到這裡，文醜便朗聲對張遼道：「張遼，我降了！」

文醜投降了晉軍，部下也都跟著文醜一起投降，西門的戰事便沒有了。

與此同時的鄴城北門外，燕軍大營中，高飛端坐在大帳裡，正在閉目凝神，但聽帳外親兵叫道：「主公，呂布來了。」

高飛急忙睜開眼睛，朗聲道：「快請！」

不多久，高飛便聽見帳外傳來了一陣馬蹄聲，緊接著便是一個人從馬背上跳下來的沉悶腳步聲。

當大帳的捲簾被掀開的一剎那，他急忙笑臉相迎：「晉侯遠道而來，我有失遠迎，還望見諒。」

來人正是呂布，雙目中充滿了怒火，大踏步地朝高飛走了過去，質問道：「西門外我的營寨被燒，成廉和其部下戰死，這件事燕侯知不知道？」

高飛乾笑兩聲：「我也剛剛才知道，還正在想辦法，你就來了。」

呂布怒道：「既然如此，那你就應該發兵協助，隨我一同去攻打敵軍……」

「晉侯！」高飛的臉上變色，十分嚴肅地道：「**若不是你不聽我的安排，你手下大將成廉何以會被殺？你的營寨又如何能被文醜燒毀？**如今文醜已經奪得了城外大營，和城內的士兵遙相呼應，弄到這步田地，到底是怪誰，我想你比我心裡更清楚！」

呂布皺著眉頭，陰鬱著臉，沒有說話，只是左手握著劍柄更加有力道了。

高飛看出呂布的怒氣正盛，非但沒有適可而止，反而更加的火上澆油，朗聲說道：「你自恃勇力，只留下成廉等一千人堅守營寨，而你卻跑去打獵，給文醜製造了機會，這件事若追究起來，也只能是你的責任，與旁人無關。我和你聯手攻打鄴城，就是想在這裡一舉鏟平袁紹的根基，讓袁紹永遠翻不了身，而且我也說過，會把鄴城讓給你，我這樣做，難道是在為了我自己嗎？」

呂布道：「你想要怎麼樣？」

高飛道：「不是我想要怎麼樣，而是你想要怎麼樣？你是晉侯，你的部下也都聽命於你，我無權過問。我建議你在西門挖掘深溝，構建壁壘，可你卻帶著他們跑去打獵，這下吃了虧，反倒過來詢問我的不是。我動用大軍，不辭辛苦的將這裡封鎖住，現在你那裡出了亂子，與我何干？

「誠然，作為盟友，我應該伸出援手，可是我的兵力有限，我要牢牢的控制住三個城門。就是因為你的西門有了缺口，還差點害得我南門丟失，若非我的手下拼死抵擋，只怕這回南門、東門都會被攻破，再去圍攻鄴城就變得十分困難了。」

呂布聽完高飛的話，覺得高飛說得很有道理，怒火漸漸平息下來，便道：「既然如此，那我們就聯手攻打鄴城，我已經讓高順、張遼去搶奪文醜在西門的營寨了，一旦得手，明日我就展開攻城，我來這裡，只希望你明日能夠給予我支援。」

高飛見呂布的話正中下懷，便道：「東、南、西三門的吊橋都沒有損壞，而且中間隔著一道護城河，只有北門這裡，吊橋被我軍破壞掉了，而且白天的時候我也砸破了北門，敵軍退到了甕城裡面，如果你要攻打鄴城的話，只有北門可以進攻，只要你進攻，我就一定會給予你支援。」

呂布道：「好，那就一言為定，明日辰時我帶兵到北門，率先攻城，你要給我支援，我不要你帶兵攻城，只給我壯聲威即可，我要讓你見識一下我晉軍的實力。」

高飛笑道：「好，那我就拭目以待了。對了，怎麼不見貴軍軍師陳宮？」

「他在邯鄲籌集糧草，不日便可抵達鄴城城下。怎麼？燕侯和陳公台也是舊識？」呂布狐疑道。

「哦，昔日見過數面而已，晉侯能得到陳宮輔佐，真是幾輩子修來的福分啊。」高飛艷羨道。

呂布笑道：「多謝燕侯誇獎，我想，陳宮也一定很期待和燕侯再次見面的。燕侯，今日我們一言為定，明日辰時就開始攻城。我還有要事，就不多逗留了。」

高飛道：「那好，晉侯慢走，我就不送了。」

呂布轉身便走，大踏步地向帳外走去，從帳外高飛的親兵手中取過方天畫戟，跨上赤兔馬便飛奔出燕軍大營。

高飛回到大帳，還來不及坐下，王文君便走了進來，抱拳道：「屬下參見主公！」

高飛急忙問道：「工程進展如何了？」

王文君道：「啟稟主公，一切順利，現在都準備好，就等下雨了，護城河的水位也開始慢慢下降了。」

「萬事俱備只欠東風，但願老天能夠如我所願，這一兩天就下一場特大暴雨，如此一來，我們才能用水淹鄴城。」高飛道：「你辛苦了，麻煩你去將李玉林、白宇兩個人叫回來，順便告訴荀諶，讓他再疏通一下挖掘好的河道，一定要做到萬無一失，另外，趙雲帶去的人似乎已經沒有多大作用了，讓他帶兵返回大營，我另外有安排。」

「諾！」王文君抱拳道，轉身離開了大帳。

這邊王文君剛走，那邊賈詡、荀攸、郭嘉、歐陽茵櫻走了進來，齊聲向高飛抱拳道：「見過主公。」

四人落座後，不禁問道：「不知道主公如此匆忙的傳喚屬下，所為何事？」

高飛道：「南門、東門都缺少一個智謀之士，張郃、太史慈雖然都能夠獨當一面，但是卻也容易意氣用事，我想讓你們其中的兩個人去當監軍，分別駐守南門、東門，不知道你們誰願意去？」

郭嘉自告奮勇地道：「主公，屬下自從投效主公以來，寸功未立，屬下願意趕赴南門或者東門。」

歐陽茵櫻也不甘示弱，立刻拱手道：「我也是。」

賈詡、荀攸不說話，對他們而言，郭嘉、歐陽茵櫻這兩個年輕的後生應該多一點的歷練，所以他們不去爭搶。

高飛自然能夠體會到賈詡、荀攸的用心，見郭嘉、歐陽茵櫻二人自告奮勇，便道：「好吧，奉孝，你去南門，協同張郃作戰。小櫻，你去東門，協同太史慈作戰。不過，小櫻，你應該多留心點，駐守東門的是顏良，更有陳琳、陳震輔佐，不好對付，加上太史慈的脾氣有些暴躁，對你一個女孩子來說，有點太為難了。」

「主公，小櫻雖然是一介女流，但是主公常常給我講花木蘭的故事，雖然我不知道花木蘭是誰，也沒有花木蘭那樣的武力，可是在頭腦上，小櫻自認為不會輸給任何人，請主公放心，就算是再苦的事，小櫻也會出色的完成的。」

歐陽茵櫻在軍營裡待久了，越來越男性化，就連身上穿著的盔甲也都是量身定做的，看上去英氣逼人。

高飛笑道：「既然如此，那就這樣決定了，你們兩個人去告訴張郃、太史慈，讓他們只需堅守，不許攻城，等待我下一步的指示。」

郭嘉、歐陽茵櫻轉身出了營帳。

賈詡道：「主公，屬下剛才看見呂布來了，是不是有什麼大事發生了？」

高飛點點頭：「呂布要親自帶兵攻打鄴城，這對我們來說，是一個很好的坐山觀虎鬥的機會，以趙軍目前的戰力來看，應該不會被呂布攻下來，更何況呂布的士兵都是騎兵，沒有什麼攻城器械，無論如何是無法突破這座堅城的。以我對呂布的瞭解，他就喜歡這種有挑戰性的戰鬥，想借此彰顯自己的威風。」

荀攸嘖嘖道：「呂布一介武夫，不足為慮，雖然貴為晉侯，卻仍然只是一個好勇鬥狠的人，這種人只能做將軍，做不了主公，看來呂布也應該很容易被主公趕走。」

「不過，呂布帳下的張遼、高順、陳宮都不是省油的燈，三個人指揮兵馬都很不錯，陳宮的計謀也很有獨特之處，張遼、高順都是帶兵的大將，要是他們都歸順了我，那該有多好啊。」高飛道。

賈詡、荀攸知道高飛愛才，也知道高飛求賢若渴，便一起拱手道：「主公勿憂，以後必然會有更多的人才前來投靠的。」

高飛笑道：「你們都下去吧，我想一個人靜靜，明天好親眼看看呂布和趙軍的那一場大戰。」

賈詡、荀攸齊聲道：「諾！」

鄴城的東門外，太史慈正率領著盧橫、高林、周倉、廖化四個人以及一萬馬步軍守衛在那裡，將整個東門堵得死死的。

護城河邊築起了道道土牆，土牆上還留著縫隙，藏在土牆後面的士兵可以用弓弩進行射擊，一些刀盾兵和長槍手散在兩翼，騎兵則留在營寨邊。

太史慈站在望樓上，眺望著緊閉著城門的鄴城，看到顏良站在城樓上，便憤恨地道：「這個該死的顏良，白天都叫囂一天了，就是不出來，看來是想跟咱們廝磨硬泡了。」

廖化道：「鉅鹿澤一戰，顏良見識過我軍重步兵和重騎兵的厲害，他要是出戰的話，肯定是自找死路，顏良不會傻到那種程度。」

太史慈道：「照這樣下去，那我豈不是永遠都殺不了顏良了？」

周倉道：「要殺顏良，也不急在這一時，主公不是有交代要我們圍而不攻，等待城中兵將自行潰敗。」

「那要等到什麼時候？」太史慈不耐地道。

廖化道：「主公已經派人去挖掘河道了，想用漳河之水灌城，灌城之後，或許就是我軍破城之時，太史將軍不必急在一時，到時候要殺顏良，還不是將軍一句話的事！」

李鐵道：「將軍，廖將軍、周將軍說的對，將軍不必急在一時的。」

「張郃今日擊退了韓猛，又殺了趙軍的蔣奇、張顗兩員大將，立下了功勳，我在這裡乾等著，算哪門子的事情？」太史慈終於說出了自己心裡的話。

周倉、廖化、李鐵三個人聽後，終於知道了太史慈為什麼那麼著急了，三個人的臉上都露出了一絲笑容，可是誰也沒有說話。

夜色濃郁，夏天的夜晚顯得聒噪不堪，樹林中有一些知了叫著，蚊蟲在燈光之間飛舞，大營前面的壕溝裡還蹲守著略顯疲憊的士兵，高林、盧橫指揮著重騎兵、重步兵在土牆後面嚴陣以待，可身上的戰甲卻讓這些漢子有點不堪重負了，陸續有人脫下了盔甲在一邊歇息，整個夜顯得是那樣的煩躁。

「得得得……」馬蹄聲從遠處傳了過來，打破了寧靜。

太史慈站在望樓上，遠眺奔馳而來的騎士，映著昏暗的燈光，定睛看見來的騎士是郭嘉和歐陽茵櫻，自言自語地道：「怎麼是他們？」

周倉、廖化、李鐵看了過去，也納悶道：「他們怎麼來了？莫不是主公有什麼命令？」

太史慈四人一起下了望樓，便見郭嘉策馬朝南門而去，歐陽茵櫻則來到了寨門前。

歐陽茵櫻騎著一匹棗紅色的戰馬，身上穿著做工精細的薄甲，手中提著一張大弓，在寨門前明亮的燈光下，顯得格外炫目。

歐陽茵櫻翻身下馬，將弓箭拴在馬鞍上，衝著太史慈等人拱手道：「太史將軍！」

太史慈見歐陽茵櫻一身戎裝，本來是不可方物的少女，卻成了一個英氣逼人的俊朗少年，若是他第一次見到歐陽茵櫻，只怕會誤以為是哪家的公子哥呢。

歐陽茵櫻見太史慈、周倉、廖化、李鐵用異樣的眼光看著自己，問道：「幾位將軍，難道我的臉上有什麼東西不成？」

太史慈反應過來，急忙道：「哦，歐陽姑娘……」

「叫我歐陽參軍，我現在是參軍！」歐陽茵櫻立刻糾正太史慈的話。

太史慈平時脾氣火爆，可是一見到歐陽茵櫻就變得溫和起來，唯唯諾諾地道：「是是，歐陽參軍，你不在主公身邊，來到這裡幹什麼？」

歐陽茵櫻道：「來傳達主公的命令。」

太史慈臉上一喜，急忙道：「主公有什麼命令傳達給我，是不是讓我帶兵攻城？」

歐陽茵櫻道：「攻城？不是！主公讓我來協助你防守這裡，不讓顏良能夠從城中脫困，主公說了，你凡事都必須和我商量才行。」

太史慈皺起了眉頭，心中暗道：「主公讓她來，不是讓她當監軍嗎？不過她來總好過其他人，我必須在她面前表現好一點才行……」

歐陽茵櫻看到太史慈的臉現出笑意，問道：「太史將軍，你想什麼呢？」

太史慈臉上一紅，擺手道：「沒……沒什麼，歐陽參軍，既然來了，那就請進營吧，我讓人給你安排營房……李鐵！」

「末將在！」李鐵抱拳道。

太史慈清了清嗓子，朗聲道：「給參軍安排一個營房，好生伺候，有什麼閃失，我唯你是問！」

歐陽茵櫻見太史慈如此殷勤，暗暗想道：「聽說太史慈治軍嚴謹，和張郃形成了鮮明的對比，兩人一張一弛，張郃對下屬很是關心，太史慈軍紀嚴明，可怎麼對我卻如此的好？」

太史慈羞紅著臉，他早就見過歐陽茵櫻，可是當時歐陽茵櫻還小，如今時隔兩年後，卻發育成一個妙齡少女了，讓他見了心中就是一陣歡喜，久而久之，漸漸地喜歡上了歐陽茵櫻。只是因為歐陽茵櫻的身分特殊，不敢說出來。

歐陽茵櫻在太史慈的帶領下進入大營，隨後在軍營裡擺下酒宴，歡迎歐陽茵櫻的到來。

第五章

一決勝負

侯成、宋憲聽到魏續的話，心中亦大起疑竇，道：「主公已經明顯占著上風，文醜只有招架的份，而無反擊的能力，只要主公使出絕招，文醜必然會落敗，可是為什麼主公卻遲遲不肯用絕招一決勝負呢？」

鄴城的南門外，在白天剛剛擊退趙軍的張郃正在大帳裡端坐著，部將潘翔、何寧二人站在大帳中央。

潘翔手捧一副連環鎧，對張郃道：「將軍，這是從敵將蔣奇身上扒下來的鎧甲，屬下見這鎧甲很是特別，便特地獻給將軍。」

張郃道：「呈上來。」

潘翔將連環鎧擱在桌子上，對張郃道：「將軍，今日一戰，趙軍喪膽，就連敵軍大將韓猛也被將軍擊退，看來南門以後就安全無虞了。等鄴城之戰結束後，主公一定會獎賞給將軍許多東西的。」

張郃看了一眼連環鎧，覺得很不錯，道：「我只為主公盡忠，不為賞賜，主公若有所賞賜的話，就分給士兵，畢竟真正立功的是將士們，並不是我。另外，我也會保舉你們兩個成為校尉，這次蔣奇、張顗死在你們的手上，應該能夠為你們博得一定功勳。」

潘翔、何寧齊聲道：「多謝將軍厚愛。」

張郃笑道：「有功賞，有過罰，公是公，私是私，我不會阻礙你們立功，更不會克扣你們的功勳。龐德、徐晃兩位將軍都累了一天了，你們去替他們守夜去，讓兩位將軍回營休息。」

潘翔、何寧道：「諾！屬下告退！」

這時，帳外一個親兵走了進來，抱拳道：「啟稟將軍，郭參軍來了。」

張郃「哦」了一聲，道：「深夜到訪，必有要事，快請！」

郭嘉兩袖清風地走了進來。

張郃道：「參軍請坐，不知道參軍此次前來，所為何事？」

郭嘉道：「張將軍，主公有令，讓我到此來做監軍，張將軍若有什麼事情，都必須和我商議之後才能執行，主公這麼做，也是為了以防萬一，白天的時候，張將軍和韓猛的一場戰鬥，主公已經聽說了。」

張郃道：「我明白了，既然如此，那就請參軍執行主公的命令就是了，韓猛和我是同鄉，又是舊識，白天也是我太意氣用事了，還好沒有出什麼岔子，不然，我就無法向主公交代了。」

郭嘉讚道：「張將軍通情達理，又能以大局為重，確實有大將風範，奉孝佩服不已。」

張郃擺手道：「參軍過獎了，張郃不過是做了自己應該做的罷了。參軍還沒吃飯吧，我讓人略備些飯菜，我們邊吃邊等徐晃、龐德兩位將軍的歸來吧。」

郭嘉道：「那就恭敬不如從命了。」

呂布出了燕軍大營，策馬狂奔，不一會兒便到了鄴城西門外。

「高順、張遼何在？」呂布看到自己的部下正在建造營寨，其中還夾雜著一些趙軍士兵，登時大聲喊道。

高順、張遼正帶領著文醜、侯成、宋憲、魏續、郝萌、曹性、李封等人建造營寨，聽到呂布的暴喝，急忙向呂布趕了過去。

「主公！」高順、張遼拱手道。

呂布皺著眉頭，看著在自己部下裡穿梭的趙軍士兵，喝問道：「這到底是怎麼一回事？為什麼會有降兵？」

高順、張遼很清楚呂布向來不喜歡收降士兵，張遼解釋道：「主公，這是屬下一個人的主張。屬下以為，我軍遠道而來，又損兵折將，只憑藉著並州健兒的名聲是無法橫行天下的，主公之前和鮮卑人打仗可以不收降兵，但**若要問鼎天下，就必須要多多收留降兵**，只有這樣，兵員才不至於枯竭。另外，**主公應該多收攬人才**，今日屬下替主公收攬了一名大將，只有源源不斷地接受投降，我軍的實力才會一點一點的增加。」

高順附和道：「主公，文遠說得極是，並州健兒終究太少，若要問鼎中原，單憑並州境內的士兵是根本不夠的，屬下也同意文遠的說法，主公若要懲罰的話，就請連屬下一起懲罰！」

「算了，你們說得也有道理，就兵源問題，陳宮也跟我提起過，既然決定要問鼎中原了，就不能用對付鮮卑人的辦法。對了，文醜人頭何在？」

呂布也不是不講道理的人，聽完高順、張遼的話後，便決定從善如流。

張遼道：「主公，屬下正要向主公說起這件事，文醜已經投降了，從今以後就是我晉軍的一員得力大將了……」

「什麼？文醜投降了？」呂布大吃一驚，不敢相信地道。

張遼道：「趙軍大勢已去，袁氏早晚都要死在這座城裡，文醜是個識時務的人，屬下只不過是曉之以情，動之以理罷了。」

「死了一個成廉，來了一個文醜，倒是很划算，只可惜成廉畢竟是被文醜所殺，我軍還從未接受過敵人投降，文醜是第一個，我只擔心我並州的健兒無法容忍這樣一個仇人統領他們。」高順擔心道。

呂布自負地道：「我晉軍向來是有能者居之，並州的健兒都是好勇鬥狠的人，彼此間有各種各樣的嫌隙，但是只要我在一天，他們就絕對不會反目成仇。文醜是趙軍名將，他投靠了我，對我軍襲取鄴城會有很大的幫助。文醜何在？」

張遼道：「正在安營紮寨。」

「把他叫來見我，我倒要看看，這個趙軍名將到底能在我的手底下走上幾個回合！」呂布頓時來了興趣，興高采烈地道。

張遼「諾」了一聲，策馬往人群裡跑去。

「高順，陳宮何時才能到？」呂布將頭一扭，看著高順問道。

高順道：「屬下已經向邯鄲派去一匹快馬，軍師若接到信件，後天中午便可押運糧草抵達這裡。」

「文醜殺了成廉，劫掠了我軍大營，致使糧草化為烏有，你剛才攻打趙軍營寨，可獲得多少糧草？」呂布這兩年在陳宮的輔佐下，越來越有主公的架子了，對於糧草這種後勤問題也開始留意了。

「足夠我軍三天用度，後天軍師一來，必然會帶來大批糧草，就算短時間內攻取不了鄴城，也可以做長久打算。」高順答道。

呂布點點頭，從赤兔馬上跳了下來，從腰間掏出一個酒囊，打開後，便咕嘟咕嘟的喝了兩口。

高順見呂布來了酒興，便不再打擾了，拱手道：「主公，屬下告退！」

呂布點點頭，示意高順離開。

片刻間，張遼帶著文醜策馬奔了過來，二人見到呂布盤坐在地上喝著小酒，立刻從馬背上跳了下來，然後單膝下跪，抱拳道：「參見主公！」

呂布饒有興致地打量著文醜，只見文醜身材魁梧，體格健壯，衝文醜道：「你抬起頭來。」

文醜在討伐董卓時見過呂布，只見呂布斜躺在地上猶如一頭臥著的猛虎，眼裡射出來的光芒讓他感到十分強烈的壓迫感。

呂布見文醜的臉上有一道十分明顯的刀疤，從鼻梁上直接斜到左邊面頰上，一雙炯炯有神的眸子泛著不服輸的光芒。冷笑一聲道：「你是不是對我並不怎麼服氣？」

文醜毫不加以掩飾地道：「久聞晉侯武藝過人，虎牢關前大戰諸侯帳下許多猛將，文醜不才，當時未能和晉侯一較高下，以至於成為遺憾，今天歸順晉侯，也是形勢所逼而已，並非心服口服……」

「你現在就和我打一場，我讓你心服口服，從此以後只效忠我呂布一人，如果你有這個膽量，我隨時都可以迎戰。」呂布突然坐起身子，雙臂環抱在胸前，居高臨下的看著文醜，眼裡充滿了蔑視。

文醜見呂布看不起他，登時站了起來，指著呂布道：「呂布！今日我若敗給了你，從今以後我就死心塌地的跟隨在你的左右，永不背離。若是你敗給了我，又該如何？」

呂布冷笑一聲：「**你放心，我是不會輸的，這輩子你休想打敗我。**」

「沒有比過，你怎麼知道不會輸？萬一你輸了呢？」文醜皺著眉頭，道。

呂布道：「沒有萬一！馬戰、步戰、刀槍劍戟隨便你挑，我呂布奉陪到底。」

文醜最有自信的就是馬戰，當即道：「馬戰，**一戰決勝負**，但是你不許騎赤兔馬！」

呂布道：「我答應你。張遼，點上火把，準備夜戰！」

張遼還是頭一次見呂布有如此雅興，臉上一喜，登時抱拳道：「諾！」

張遼叫來了二十名士兵，在空地上紮起火把，點燃後，讓這二十名士兵錯落有致的站成一排，每個人舉著一個火把，中間隔著一段距離，排成兩排。

文醜選了一桿長槍，跨上一匹高大戰馬，對面的呂布手持方天畫戟，騎著一匹普通的戰馬，心中暗暗想道：「當日在虎牢關前，若非你胯下的赤兔馬速度太快，你也不會挫敗群豪，這次你沒了赤兔馬，我倒要讓你見識見識我文醜的厲害。」

呂布見對面的文醜已經做好準備，便揮舞著手中的方天畫戟，道：「文醜，你儘管使出全力來攻我，我會點到即止，不會弄傷你的。」

文醜道：「哼，從來只有我傷人，還沒有人能夠傷到我……」

「少廢話，快出招吧，今天我要讓你輸得心服口服！」呂布將方天畫戟用力一揮，厲聲道。

「駕」的一聲大喝，文醜綽槍策馬而出，朝著呂布奔跑了過去。

張遼站在一邊，心中想道：「我和高順都不是文醜的對手，文醜的武力遠在我們之上，只是不知道他在主公的手底下能夠抵擋住多少回合？」

一道長長的人牆中，文醜策馬狂奔而去，騎在馬背上的呂布見了，只撇了一下嘴，連動都沒有動，就那樣的等候在那裡。

文醜見呂布動也不動，心中頓時便起了怒意，認為呂布太過藐視他了，挺著長槍，雙腿猛然夾緊馬肚，暴喝一聲衝到呂布的面前，他手中的長槍就猶如靈蛇一般向呂布的喉頭探了過去。

呂布紋絲不動，雙目卻炯炯有神，一雙眸子十分的銳利。眼看文醜的長槍即將要到自己面前，他立刻抬起了手中的方天畫戟，用畫戟的戟頭猛然撥開了長槍的槍頭。

文醜手中的長槍本來是施展了極大的力道，哪知道只被呂布的畫戟輕描淡寫砰了一下，整個長槍便失去了準頭，槍頭朝一側偏離了過去，槍桿上也傳來陣陣的酥麻，震得他的雙手虎口微微發痛。

兩馬相交，轉瞬即逝，文醜在和呂布擦身而過時，整個人都能夠感受到呂布身上的那股輕蔑。等他勒住馬匹，調轉馬頭時，卻見呂布早已經轉過身子，依然在原地等待著他。

「好強！」文醜緊握手中長槍，看著面前猶如雕像般一動不動的呂布，不由得失聲而出。

呂布譏諷道：「這就是你的實力嗎？太讓我失望了！」

「哼！你神氣什麼？我剛才只是試了一下而已，而且我晚上還沒有吃飯，力氣上自然要小了許多，你放心，五十回合內，我一定要讓你敗在我的手下！」文醜不由得摸了一下肚子。

呂布看著在一旁等候的張遼，喊道：「去拿酒肉來，讓文醜吃飽喝足，我可不想讓他覺得我勝之不武！」

張遼見呂布這次動真格的了，便道：「諾！屬下這就去辦，請主公稍等！」

「文醜，暫且休戰，待你吃飽喝足後再戰不遲！」呂布衝文醜道。

文醜道：「好，等我吃飽了再打。」

兩個人一言為定，幾乎是同時翻身下馬，文醜將長槍插在地上，而呂布則手持方天畫戟，橫戟直立在那裡，另外一隻手從腰間掏出了酒囊，打開之後，便咕嘟地喝了起來。

不多時，張遼端上酒肉，送到了文醜的面前。

「文將軍，我家主公向來喜好公平，為了能讓你輸得心服口服，不惜浪費掉許多時間，請你迅速吃喝，吃喝完，就和我家主公進行決鬥，要是拖下去，只怕我家主公的脾氣上來，你只有死的份了。」張遼抱著一罈酒，在遞給文醜時小聲說道。

文醜接過酒，道：「張將軍請放心，我自有分寸。不管是勝是負，我文醜既然決定投降了，就不會再背叛。」

張遼見文醜聽出了他的話外之音，便嘿嘿地笑了兩聲，轉身走了，心中暗道：「文醜能夠猜透我的心思，**看來這一戰之後，不論勝負，他都會一躍而成為我軍首屈一指的大將，到時候主公帳下就又多了一員猛將。**」

文醜酒足飯飽之後，摸著鼓脹的肚子，臉上露出滿意的笑容，衝呂布大聲喊道：「我吃飽了，來打吧！」

呂布一聽到文醜的話，便將酒囊扔到一邊，左手拄著方天畫戟，身體凌空躍起，直接坐在馬背上，順勢提起方天畫戟，將方天畫戟向文醜一指，大聲道：「你覺悟吧！」

「悟」字剛脫口而出，呂布雙腿一夾馬肚，便挺戟縱馬而出，更不答話，直取文醜。

文醜見呂布突然動了，抖擻精神，綽槍策馬，大喝一聲便迎了上去。

兩馬相交時，只見長槍陡然抖動，接連向前刺出了幾槍，每一槍所刺的都是呂布的胸前要害，圍觀的人看後，非但沒有感到一絲的驚奇，反而內心裡卻在嘲笑。

「噹、噹、噹……」數聲兵器碰撞的聲音過後，呂布用畫戟擋住了文醜的連刺必殺，在兩馬即將交會時，他突然冷不丁地向後揮出一戟，戟頭上帶著鋒利無比的月牙形狀的利刃，若是被那月牙利刃劈中的話，只怕會當場見紅。

文醜見識到呂布的可怕，生怕自己臂膀被砍傷，靈機一動，立刻使出一個蹬裡藏身，避過了呂布的那一戟攻擊。

兩馬再次分開，文醜有驚無險，急忙勒住馬匹，然後調轉馬頭，準備再向呂布衝過去時，卻發現呂布已然回轉了身體，正策著快馬，挺著畫戟向他衝來。

他大吃一驚，沒想到呂布會回轉馬頭比他還快，來不及多想，他立刻挺槍迎戰，和呂布扭打在一起。

呂布畫戟快速揮出，單手握著畫戟的柄端，將一個重達六十斤的戟頭揮舞得如同輕盈的長劍一般，或劈砍，或刺殺，或鉤挑，方天畫戟在他的手中完美的演繹著精妙絕倫的招式。

文醜長槍舉起，抵擋住呂布的一陣快攻，卻感到自己雙手虎口已經被震得出了血，心中不禁暗道：「好大的力氣……短短的三個回合，呂布便展開了快速攻擊，還讓我遮擋的如此吃力……看來呂布的武藝確實不在我之下，我須小心應戰才是……」

叮叮噹噹的一陣兵器碰撞聲後，呂布、文醜再次分開。這次，文醜只將馬匹騎到一半路程，便立刻調轉了馬頭，手握長槍再次去迎戰已經策馬往回殺的呂布。

兩個人只戰了幾個回合，便進入憨鬥階段，兩匹戰馬轉著圈的廝打，馬背上的兩人精神抖擻，越鬥越勇。

這時，在一邊觀看的士兵都已經是目瞪口呆了，看得如癡如醉，不時發出聲聲吶喊，引來更多前來圍觀的晉軍士兵。

二十回合過後，文醜已經氣喘吁吁了，而呂布不過才開始喘著粗氣，但是兩人座下的戰馬都吃不消了，不得不換馬再戰。

呂布暗道：「我太低估他了，他的武力遠在張遼之上，我連續十幾個回合都出了殺招，不想卻被他給化解，再這樣鬥下去，沒有七八十回合恐怕很難分出勝負，文醜真不愧是趙軍名將。不過，我一定要打敗他，不把他打敗，他不可能對我心服口服，這樣的一員猛將，說什麼我也不能讓他溜了。」

一想到這裡，呂布便大聲喊道：「文醜！再來打過！」

文醜招架呂布招架的很是吃力，平常他和人鬥了二十回合，連氣都不喘，此時為了對付呂布，他不得不全身心的迎戰。

他擦拭了一下額頭上的汗水，朗聲道：「好，來吧！」

激鬥還在繼續，圍觀的人也越來越多，士兵們為了能夠進一步看清楚呂布和文醜的打鬥，都紛紛從四周帶來了火把，然後圍成了一個圈，將呂布和文醜包圍在一個圓圈裡面。

呂布、文醜兩個人又進行了五個回合的打鬥，每次都很驚險，但是明眼人一眼就能夠看得出來，呂布占上風，文醜卻處於劣勢。

「主公為什麼不用絕招？」魏續環抱著雙臂，凝視著圈裡的呂布，疑惑地道。

侯成、宋憲站在魏續的身邊，聽到魏續的話，心中亦大起疑竇，道：「主公已經明顯占著上風，文醜只有招架的份，而無反擊的能力，只要主公使出絕招，文醜必然會落敗，可是為什麼主公卻遲遲不肯用絕招一決勝負呢？」

「主公許久沒有打得如此酣暢淋漓了，以我看，主公是想讓文醜陪他多玩會兒，所以才遲遲不肯用絕招一決勝負。」

曹性一向目光犀利，看問題的角度也有獨到的見解，其箭法也是整個晉軍中首屈一指的，深得呂布的喜愛。

魏續是呂布的小舅子，聽到曹性如此說話，便扭頭道：「你能看得出來？」

曹性笑道：「當然能夠看得出來，你幾時見過主公在切磋武藝的時候用過那麼多殺招？當年和張遼對戰的時候，五十三回合內，主公也只不過用了十回合凌厲的殺招而已，而此時才二十五個回合，主公就已經用了十五個回合的殺招，看來文醜實力應該遠在張遼之上，不然主公也不會如此的逼迫。」

魏續、侯成、宋憲紛紛點頭，覺得曹性分析的很有道理。

「不對……」高順突然開口道。

「什麼不對？」曹性扭頭問道。

高順道：「**主公不是不想用絕招一決勝負，而是無法施展**，文醜沒有給主公施展的機會。」

曹性、魏續、侯成、宋憲不禁一起轉頭看著高順，道：「高將軍，此話怎講？」

高順小聲道：「我今天和文醜交過手，文醜的武藝確實在我和張遼之上，所以主公對付他的時候，用的殺招要比平時多的多，目的就是想儘快結束和文醜的對決。可是，主公**若想用絕招一決勝負，必須要有一定的時機**，果真文醜一連抵擋住主公十幾個回合的殺招仍不落敗，可見文醜的武力之強。一旦主公策馬走開，文醜就有了反擊的機會，對主公而言，或許就會戰鬥的更久了。」

眾人聽後，都將信將疑，默默地看著呂布和文醜的激戰，不再說一句話。

張遼和李封、郝萌等人站在另外一邊，看到呂布始終無法在短時間內擊敗文醜，都暗暗地為文醜捏一把冷汗，生怕呂布殺心大起，直接結果了文醜。

「呂布真的很強，竟然能將我逼得無法還手，我還是頭一次遇到。」文醜一邊招架著呂布的攻勢，一邊暗暗想道。

戰圈中，呂布又和文醜鬥了五個回合，三十個回合內，呂布明顯占著上風，卻始終無法將文醜擊敗，心中懊惱不已，雙目中迸發出怒火，緊盯著文醜，殺心大起。

張遼感受到呂布的細微變化，立刻叫道：「主公，文醜乃一員猛將，請主公三思而行！」

呂布聽到張遼的喊話，心中的殺意才漸漸消散。

文醜舉槍遮擋，目光卻很犀利，看著呂布的臉上短時間內起了幾種細微的變化，心中暗道：「呂布的實力遠在我之上，我強撐了三十回合，已經快要精疲力盡了，可眼前這人卻越戰越勇，我到今天才知道，當日虎牢關前的那場大戰並非是他仰仗赤兔馬的結果，而是他確實有這個實力。如果這樣的人擔任我的主公，比袁紹不知道強了多少倍，我文醜自然會心甘情願的跟隨著他打天下……」

「文醜，一決勝負吧！」

呂布不想再等了，虛晃了一戟，策馬退回本陣，大聲喊道。

文醜喘著粗氣，額頭上、胸口上、背脊上都已經布滿了汗水，呂布的突然離開，讓他有一絲喘息的機會，調整一下心態，此時聽到呂布的暴喝，只好硬著頭皮答道：「來吧！」

呂布心知肚明，勝負早已分曉了，只是當他看到自己的部下都圍觀在旁邊時，他覺得拖延下去會給他的形象造成一定的損傷，便決定使出自己最得意的必殺技。

他見文醜答應了，將方天畫戟朝胸前一橫，大喊一聲便衝了過去。

文醜還沒有準備好，便見呂布衝了過來，立即打起精神，綽槍策馬迎了過去。

兩馬相交，文醜長槍舉起，想先發制人，一記漂亮的連刺，一槍接一槍的刺了出去。

呂布見文醜使出連刺，心想：「還用這招？」

兩匹快馬臨近，文醜突然將手中長槍像投標槍一樣刺向呂布的胸口，同時抽出腰中懸著的長劍，劍舞成團，在昏暗的燈光映照下，寒光閃閃的長劍砍向了呂布。

這一變化倒是讓呂布頗感吃驚，不過他也只是微微一笑，揮動手中的方天畫戟便撥開了文醜凌空刺來的長槍，同時左手握住劍柄，瞬間抽出腰中的佩劍，格擋住文醜的長劍揮砍，右手的方天畫戟則順勢向下劈去，做出力劈華山之勢，直接朝文醜的左肩膀猛砍了下去。

文醜所用的劍招是從韓猛那裡偷學來的，一式三招，精妙絕倫，他曾經用這種招式斬殺過不少敵軍將領，不想今天卻被呂布用長劍擋住，而且自己也即將面臨被方天畫戟砍中的危險，他暗暗嘆道：「看來我要死在這裡了……」

馬匹快速的移動著，文醜來不及做出任何抵擋的機會，只能閉上雙眼，坐等死亡。

呂布看到文醜這一舉動，心有不忍，立刻收住方天畫戟，本來要使出的必殺技也頓時放棄，和文醜擦身而過。

文醜只感覺呂布從自己的身邊掠過，卻沒有任何疼痛，睜開眼睛，看到呂布立馬在身後，早已將手中長劍插入了劍鞘，方天畫戟也是倒提著的，驚道：「你不殺我？」

呂布冷冷地道：「我說過，我會點到即止，既然你已經落敗，我就沒有必要殺你了，**你現在心服口服嗎？**」

文醜嘆了口氣，將長劍插在地上，跪地抱拳道：「文醜心服口服，晉侯武藝高強，非我所能取勝，今日能和晉侯一決高下，我這輩子也沒有什麼遺憾了，**今日文醜就效命晉侯，從今以後絕不背叛！**」

呂布哈哈笑道：「好，我軍中正好缺少你這樣的猛將，你且起來，明日我要帶兵攻打鄴城，你隨我一起攻城！」

文醜面帶難色，跪在地上不肯起來，也不說話。

呂布道：「我聽說顏良和你齊名，想必武藝也很過人，你可否願意替我說服顏良來降？」

文醜為難道：「主公有所不知，我和顏良雖然以兄弟相稱，但是有很大的不同，顏良武藝高強，卻未必肯投降主公，就算是我親自勸降，也會遭到他的攻擊……」

「哦？這麼說來，顏良是不會投降了？」呂布問道。

文醜道：「正是，**顏良只會和鄴城共存亡**，而且此人嗜血如命，喜愛殘殺少女，喝處子之血，他和我雖為同門，卻比我先投靠袁紹，袁紹對其信賴無比，以我對他的瞭解，他是不會投降任何人的，除非……」

「除非什麼？」呂布好奇地道。

文醜道：「除非是我師父親自勸說……」

「那你去請你師父來……」

「我師父早在十年前便已經去世了……」文醜道。

呂布嘆道：「可惜了，不過這樣也好，只要顏良寧死不降，想必高飛那裡定然會吃虧。文醜，明日隨我一同攻打鄴城……」

「主公，請恕罪，文醜雖然投降主公，可是鄴城中的將士都是和我朝夕相處的人，我不忍心舉刀加害，懇請主公讓我留守營寨。」文醜請求道。

張遼走到呂布身邊，拱手道：「主公，文醜乃當世名將，既然他不願意和趙軍作戰，不如就留在營寨中吧，攻打城池的事就交給我和高順來做即可。」

呂布道：「那好吧，今日暫且休息，養精蓄銳，明日辰時開始攻打鄴城，這次一定要將鄴城攻下，再拖延下去，只怕對我軍不利。」

「諾！」全軍將士異口同聲地道。

太陽照常升起，鄴城的城牆上，趙軍的大旗一夜間全部換上了白色的大旗，每面大旗上面都寫著「**報仇雪恨**」四個大字，士兵也都穿上孝服，披麻戴孝，臉上帶著憤怒。

大漢的大將軍、趙侯、領冀州、青州兩州州牧的袁紹，和他三兒子袁尚在昨天一同被人刺殺身亡，刺客被抓到後，嚴刑逼供下，最後供出了幕後指使者，正是帶領數萬大軍鄴城城外圍城的燕侯高飛。

袁熙繼任了袁紹的所有職務，成為新的大將軍、趙侯、冀州牧、青州牧，他下令就地處死刺客，並且為袁紹發喪，將所有的憤恨都加在燕侯高飛的身上，使得鄴城受到袁紹恩惠的百姓和將士都對高飛很是憤恨。

鄴城北門，城牆和城門被昨日燕軍的投石車攻打得殘破不堪，蔣濟、辛評被迫退入甕城，一千人等都在嚴陣以待。

袁熙披麻戴孝，騎著一匹白馬，帶著沮授、韓猛、顏良、蔣義渠等人來到了北門。蔣濟、辛評二人急忙下了甕城，在甕城的城門口向著袁熙拜道：「屬下參見主公！」

袁熙滿臉哀傷，翻身下馬，朝在場的諸位拜道：「家父身遭不測，被奸人所害，若非有各位大人、將軍緊守城池，我袁氏基業早已毀於一旦，我在這裡代家父謝過各位大人、將軍了……」

眾人都異口同聲地道：「主公莫要如此，真是折煞屬下了。」

這一連串的事情在剛剛繼任才一天的袁熙的心裡，實則是一個個沉重的打擊，本以為自己可以代替父親統領大局，可是真正坐到了這個位置上，他才知道當領導人是多麼的難，若非有沮授一直操控著大局，顏良、韓猛等人死心跟隨，他這個主公早就不堪重負了。

袁熙嘆了口氣，道：「家父死得冤枉，今日無論如何一定要擊退敵軍，給家父報仇！」

「報仇！報仇！」所有的士兵都大聲喊了起來，可謂是群情激憤。

這時，淳于導帶著傷策馬跑了過來，一邊揮舞著沒有受傷的手臂大喊道：「主公！主公——」

「何事如此慌張？」袁熙問道。

淳于導翻身下馬，來不及跪拜，便慌張地道：「啟稟主公，晉軍……晉軍開始行動了，正向北門方向移動，看樣子是要和燕軍合兵一處，而且揚言今日要攻破鄴城，砍掉主公的人頭祭旗……」

「西門盡數撤圍了嗎？是否還有晉軍士兵留守西門？」沮授打斷淳于導的話問道。

淳于導道：「沒有，晉軍留下了三千兵馬駐守營寨，屬下遠眺看了一眼，見營中掛著『文』字大旗，可能是文醜將軍……」

「文醜？」

顏良一聽到這個名字，立刻暴跳如雷，一把抓住淳于導，喝問道：「文醜在哪裡？快帶我去見他，我要問他為何要投降敵軍？我要把他帶回來，如果帶不回來，也只好殺了他……」

淳于導看著顏良那恐怖的表情，嚇得臉上直冒冷汗，渾身哆嗦的說不出話來。

沮授見狀，對顏良勸道：「請將軍息怒，文醜也是被形勢所逼，以我對他的瞭解，他應該不會和我們為敵，他既然駐守在西門外，也就說明了這一點。不過，這樣一來，我軍若想從西門突圍就很困難，他只需動動嘴皮子，就會有許多士兵前去投效，看來唯一的辦法就是在北門這裡和燕軍、晉軍一決勝負了。」

顏良仍是激動地道：「文醜，為什麼……為什麼你要這樣做……」

韓猛見顏良暴怒不已，生怕顏良會惹出什麼事來，便走到顏良的背後，伸出手掌重重地打在顏良的脖梗上，將顏良打昏了過去。

袁熙擺擺手，示意士兵將顏良抬下去，對沮授道：「軍師，現在我們該怎麼做？」

沮授捋了捋鬍鬚，道：「燕軍堵住了東、南、北三個城門，而這兩天燕軍的兵馬突然消失得無影無蹤，城外護城河的水位有了明顯的下降，**我以為，這是燕軍在搞鬼，想先把漳河的水堵起來，然後再挖一條河道，等漳河的水位高了再挖開一個缺口，然後用水灌城。**」

「那該如何是好？」袁熙頓時陷入驚慌，急急問道。

沮授安撫道：「主公不必驚慌，如今天氣正是酷熱的時候，就算高飛要用漳河水來灌城，我軍也有應對的辦法，而且漳河水位下降，又能蓄多少水？一經挖開了缺口，水自然會順著河道流入到護城河裡，護城河這麼深的地方，足夠抵擋燕軍用水灌城，加上鄴城城牆堅固，根本不用多慮，請主公勿憂。」

「那我們現在該如何做？」

「我軍士氣太過低落，必須要有一場勝利來提高將士們的信心，我聽說高飛和呂布私下有過密約，若得冀州，就會分一半給呂布，**兩個都是野心勃勃的人，此時結盟也是為了利益，我軍可以採取各個擊破的辦法**，呂布兵少，帳下並沒有什麼智謀之士，**可以先從呂布下手，就在北門外和呂布決戰，然後誘敵深入，在甕城裡將其殲滅。**」沮授分析道。

袁熙聽後，覺得沮授說得很有道理，便道：「好，那就和呂布決戰。韓猛、蔣義渠、張南、蔣濟、呂曠、呂翔，汝等盡皆歸韓猛調遣，聽從軍師安排，準備和敵軍作戰，一定要讓敵軍知道我們趙軍的實力。」

韓猛、蔣義渠、張南、蔣濟、呂曠、呂翔等人都異口同聲地道：「諾！」

袁熙對沮授道：「軍師，這裡就交給你全權指揮，我要去西門一趟，我要看看文醜到底是不是真心投降晉軍，如果不是的話，我便勸他歸來。」

沮授道：「主公一切小心，淳于導負傷了，可帶領親兵跟隨，不可出城門，只能遠眺。」

袁熙點點頭，緊緊握著沮授的手，道：「軍師保重。」

沮授送走袁熙後，立刻吩咐道：「眾將聽令，帶各部人馬嚴陣以待，等候我的命令，蔣濟、辛評，跟我上城樓！」

蔣濟、辛評跟著沮授登上了城樓，但見城外已經排開了密密麻麻的人群，呂布英姿颯爽地騎在赤兔馬上，手持方天畫戟，正用十分輕蔑的目光看著殘破的北門，高順、張遼二將緊隨其後，再後面則是魏續、侯成、宋憲、郝萌、曹性、李封等將。

沮授又看了一眼護城河，見護城河裡的水已經下去了大半，只有底部有一小部分積水，便笑道：「想用水灌城，我定然要教你徒勞無功。」

燕、晉聯軍遍布鄴城的北門外，士兵穿梭在吊橋邊不遠處深溝高壘間的縫隙裡，密密麻麻的排列開來，乍看像是一條條長長的人龍。

吊橋邊，燕侯高飛、晉侯呂布並馬而立。

高飛胯下騎著烏雲踏雪馬，身穿鋼製的盔甲，手中綽著遊龍槍，眺望鄴城殘破的北門，見到無數面書寫著「報仇雪恨」的白旗飄展，皺眉道：「難道……袁紹死了？」

呂布聽到這句話，扭頭看向高飛，狐疑地道：「你剛才說什麼？」

高飛道：「今天一早，鄴城裡的士兵都披麻戴孝，如果不是袁紹死了，城中不會有這麼大的動靜……」

「哈哈哈，死了也好，就省得我動手了。他死了，鄴城肯定群龍無首，此時進攻正是時機。」呂布高興地道。

高飛則顯得冷靜許多，從昨日他就隱約覺得鄴城裡發生了變故，今早鄴城內白旗掛起、將士都披麻戴孝的，也就肯定了他的猜測。只是他想不明白，袁紹好端端的為什麼會突然死亡呢。

他看著身邊的呂布，見呂布意氣風發，心中暗道：「昨日文醜投降了呂布，等於呂布的帳下多了一員猛將，以後要對付呂布的話，便多了一個麻煩的人。真是可惜啊，文醜這樣的猛將居然投降了呂布，若是到了我的帳下，必然能夠成為我軍不可多得的大將……」

高飛正思索間，突然聽到呂布下令道：「高順、張遼，開始攻城，趁著敵人群龍無首之際，一口氣攻進城裡去。」

高順、張遼遲疑道：「主公，城內情況不明，我軍冒然攻城的話，只怕會損失慘重，屬下以為，可先派小股士兵一窺趙軍實力為上。」

「哪那麼麻煩，直接一口氣攻進城裡，讓那些趙軍的士兵體會一下我軍的厲害，以後見到我軍就聞風喪膽！」

呂布說完，又扭頭對高飛道：「我軍的攻城器械較少，需要你軍的協助，請用投石車掩護我軍攻城，一旦鄴城被攻破後，城中糧草我分你一半！」

高飛點點頭，心中卻是一陣冷笑，暗暗想道：「說得輕巧，好像鄴城已經成了你的囊中之物一樣，袁紹雖然死了，可城中並不是群龍無首，袁熙、沮授掌控大局，你儘管去攻打好了，不讓你吃點苦頭，你不會瞭解攻城戰是如何的艱辛。」

呂布滿面春風，將手中方天畫戟向前一揮，朗聲道：「攻城！」

高順最先「諾」了一聲，率領曹性、郝萌、李封以及陷陣營的一千八百多名士兵紛紛跳下馬背，手持各種兵刃迅速地通過吊橋，分散在北門外的城牆兩側，小心翼翼地通過破損的北門。

高飛抬起右手，向下用力一揮，站在他身後的黃忠立刻會意，向早已準備就緒的一百輛投石車發號施令。

「將所有的投石車推到護城河邊，瞄準北門後面的甕城，給我猛力的砸！」

黃忠大喊道。

陳到全權指揮投石車，每輛投石車都由五個身強體壯的士兵組成，五百人同時推動著笨重的投石車到了護城河邊，將投石車固定好位置，之後就開始進行分工，固定投石車的發射角度，向皮槽內裝填大石，一切都很順利。

「各就各位！預備……發射！」陳到手持鴛鴦雙刀，操控投石車的士兵已經準備就緒，便下達了命令。

第六章

大買賣

「那還等什麼？我來的時候，主公都交代清楚了，讓我們進攻青州各郡縣，先占領再說，等擊敗了袁譚，主公要用青州的地盤做一筆大買賣。」魏延道。

「什麼大買賣？」臧霸道。

魏延面露難色地道：「我也不知道。」

命令下達後，一百輛投石車同時將皮槽裡的大石遠遠地向高空中拋射，大石越過北門的城牆，朝城牆後面的甕城裡砸了過去，只聽見悶響不斷，其中還夾雜著士兵慘叫的聲音。

高飛注意到城牆邊的高順開始了行動，刀盾兵在前，弓弩手在中，長槍手在後，井然有序的經過北門的門洞，朝裡面衝了進去。

呂布看到高順衝了進去，立刻對身後的張遼道：「文遠，隨時準備出擊！」

張遼「諾」了聲，調轉馬頭，對身後的侯成、宋憲二人道：「跟我來！」

侯成、宋憲各自招呼了一千騎兵，跟在張遼的身後，一溜煙地便通過吊橋奔馳到鄴城北門的城牆下，等候在那裡，作為高順帶領的陷陣營的後備隊。

高順舉著盾牌，手持長刀，和部下剛走出北門的門洞，便看到甕城上的趙軍各個嚴陣以待，而甕城的城牆只有極小一部分被大石砸中，受傷的士兵更是微乎其微，弓弩手的箭矢都上了弦，等候在那裡。

「停！」高順意識到一絲不尋常的氣息，立刻停下腳步，對部下發號施令道。

曹性手持弓箭，帶領著弓箭手緊隨高順身後，一見到甕城城牆上這種陣勢，立刻拉開弓箭，瞄準城牆上的趙軍士兵。

李封帶著長槍手還在城門的門洞裡，見到前面部隊停了下來，不知道發生了什麼情況，急忙問道：「怎麼停下來了？」

聲音如同石沉大海，李封沒有得到他想要的答覆，也不再問了。

高順雙目炯炯有神，掃視了一下甕城上的趙軍士兵，見趙軍士兵的臉上都帶著憤恨的怒氣，那種精氣神並不是群龍無首的士兵應該擁有的。

雙方劍拔弩張，卻並未進行戰鬥，趙軍士兵依靠強大的箭陣帶給了高順不小的壓力。

這時，沮授露出了頭，看著下面，道：「來者可是晉軍大將高順嗎？」

高順凝視著沮授，見沮授頗有長者之風，答道：「正是，閣下何人？」

沮授道：「我乃趙國國相沮授，今日有幸一睹高將軍的面容，只是我奉勸高將軍一句，你已經被弓弩手三面圍定，若敢向前半步，我就讓你嘗嘗我冀州強弓硬弩的厲害。貴軍和我軍並無仇怨，只是那燕侯花言巧語的把你們給騙來，如果貴軍願意退兵的話，我軍定當會奉上大批的金銀財寶作為貴軍的勞軍費用……」

「少廢話！我家主公心意已決，不攻下鄴城誓不甘休，你想挑撥離間，省省吧！」高順喊道。

沮授嘆氣道：「既然高將軍不識時務，那就別怪我沒有勸你了，放箭！」

隨著沮授一聲令下，甕城三面城牆上的弓弩手放出了上弦已久的箭矢，那密密麻麻的箭矢如同密集的雨點一樣，朝北門的門洞附近射了過去。

高順見到如此密集的箭雨，當機立斷，衝後面大聲喊道：「快向後撤！」

高順和擋在前排的刀盾兵立刻將盾牌舉了起來，組成一個圍堵嚴密的盾牆。

可是，曹性帶領的弓箭手就吃虧了，他們剛放出箭矢，來不及躲閃和退後，便被密集的箭矢射中身體，一些最前排的弓箭手身中數十箭，被趙軍士兵射成了刺蝟。

曹性的反應倒是還算迅速，見勢不好，立刻縮身躲在一名士兵的背後，用士兵的身體當成了盾牌，僥倖逃過一劫。

一陣箭雨過後，陷陣營的刀盾兵基本沒有什麼損傷，弓箭手卻陣亡了三百多人。

高順見趙軍早有準備，便再次大聲喊道：「退到門洞裡去！」

一聲令下，士兵還沒有來得及向後退，便看見空中飛過來許多大石，有的力道不足，還未砸中城牆便落在甕城城門前面的一大片空地上，頓時摔得粉碎，只有十幾塊大石命中了目標，不過也已經是強弩之末，除了砸死幾個士兵外，對甕城的城牆根本起不到任何作用。

高順帶著士兵剛退入到門洞裡，突然聽到城門外傳來人仰馬翻的聲音，作為後備隊的張遼帶領騎兵隊伍紛紛向護城河邊退走，戰馬嘶鳴的聲音在北門的門洞裡不絕於耳。他心中一驚，急忙問道：「後面發生了什麼事？」

李封急匆匆地跑了過來，一臉的慌張，對高順大聲喊道：「將軍，不好了，我們中計了，城牆上到處都是趙軍的士兵，他們用早已準備好的石頭砸死了張將軍帶領的許多騎兵……」

高順聽完，皺起了眉頭，恨聲道：「我們太大意了，難怪剛才沮授有恃無恐，快撤退，退到城外……」

「殺啊——」

癭城的城門突然打開了，趙軍大將韓猛一馬當先的衝了出來，身後蔣義渠、呂曠、呂翔、張南四將緊緊跟隨。從城門洞裡嚴陣以待。

陷陣營是晉軍的精銳，所有的士兵都是精挑細選，身經百戰的，可以說陷陣營是集中了晉軍作戰勇猛的優秀軍官的集合。

六百名刀盾兵組成了一堵嚴密的牆，二十人一排橫在北門寬大的門洞裡，大家都屏住了呼吸，等候著快速衝撞過來的趙軍騎兵。

高順皺著眉頭，看到韓猛一馬當先的衝了過來，立刻叫道：「擒賊擒王，先斬了敵方大將再說！」

「諾！」六百名刀盾兵齊聲道。

此時，李封、曹性帶領著士兵迅速跑出城門的門洞，他們剛一露頭，城牆上便有無數箭矢從他們的背後射來，許多士兵中箭身亡，有的士兵雖然中箭沒有死亡，卻無法再動彈，倒在地上爬不起來，等待他的則是更多的箭矢貫穿了他的身體。

「啊——」李封正在用長槍撥著箭矢，可是面對如此密集的箭矢，就算武藝再怎麼高強，也不可能做到面面俱到，一支箭矢穿過了他遮擋的縫隙，直接穿胸而過。

他感到劇烈的疼痛，行動變得遲緩起來，還沒來得及去體會那種疼痛感，數十支箭矢便射穿了他的身體，直接將他射倒在地，再也沒有爬起來，一命嗚呼了。

曹性一邊撤退，一邊用弓箭反擊，他是職業的弓箭手，戰鬥的時候總是喜歡在後面開弓放箭，以至於養成從來不衝鋒的習慣，就連戰敗逃命，他的本事也是一流的。

他一出城門，見到趙軍箭陣如此的猛烈和密集，靈機一動，隨手背起一具屍體，當作肉盾，替他擋下不少箭矢，同時還不忘記利用弓箭手開弓搭箭的間歇時間進行反擊，他邊退邊反擊，精準而又快速的箭法，讓他在短時間內便射死了敵方七名弓箭手。

護城河邊，呂布看到這一幕時，整個人暴跳如雷，手中不斷地揮舞著方天畫戟，就連座下的赤兔馬也變得異常暴躁，在原地不停地喘著粗氣，打著轉。

呂布看到李封和許多陷陣營的士兵被亂箭射死，高順還堵在門洞內，便大聲叫道：「可惡！袁紹都已經死了，趙軍的防守為何還會如此強硬？全軍聽令，跟隨我一同殺……」

「主公！」帶領著呂布親衛軍的魏續突然打斷呂布，道：「萬萬不可意氣用事啊，張遼、侯成、宋憲的狼騎兵損失不小，高順的陷陣營也死傷過半，可見趙軍早有防範，我軍冒然進攻必然會有更大的損失，應該退下來，再從長計議。」

呂布一扭頭，怒視著魏續，吼叫道：「你敢教訓我？」

魏續是呂布的小舅子，深知呂布的脾氣，也深得呂布的信任，雖然知道這樣冒犯呂布會有危險，可是有他姐姐在，呂布也不會把他怎麼樣，他見呂布動怒，立刻抱拳道：「屬下不敢，是姐姐她……」

呂布雖然脾氣暴躁，可對女人卻是柔情似水，魏續的姐姐是個美人，而且能夠滿足呂布在肉體上的需求，他對這個夫人很是滿意，愛屋及烏下，對魏續也非常好。

呂布聽到魏續將他的姐姐給搬了出來，心情頓時安靜許多，他凝視著敗退回來的張遼、宋憲、侯成、曹性和一些步騎兵，對高飛道：

「我軍受到了創傷，無法再戰，看來趙軍實力猶在，我晉軍單方面的攻城並不能取得什麼成果，我建議四門齊攻，讓敵軍無法顧及，日夜不停，不出三日，必然能夠攻下鄴城。」

高飛有自己的打算，對呂布道：「晉侯莫要著急，我自有妙計，少則十天，多則半月，鄴城必然會被攻下，還請晉侯稍安勿躁。」

呂布道：「你如此遷延時日，不採取速攻，到底意欲何為？」

高飛笑道：「打蛇打七寸，若只是為了單純的一座鄴城，我完全可以採取強攻。可是我要的是整個袁氏勢力的瓦解，你可別忘記了，袁氏在青州還有些許兵馬，袁紹的長子袁譚現在應該正在橫渡黃河，在歸來的路上，我要圍點打援，徹底根除袁氏的勢力，這樣一來，你我一人統治一半冀州才得以長久下去。」

呂布尋思道：「那我今天就白白損兵折將了？」

「那倒也不是，現在正值三伏天，天氣炎熱，酷熱難耐，**死去的人也不是沒有一點作用，關鍵就要看晉侯會不會利用了。**」

呂布聽高飛在和他打啞謎，便問道：「說明白點，不要拐彎抹角的。」

高飛道：「陳宮何時到來？」

「大約兩天後。」

高飛掐指算了一下時間，道：「嗯，時間上剛剛好，物極必反，這兩天天氣太熱，空氣也很沉悶，我估摸會有一場暴雨降臨，陳宮到了以後，只要我們兩軍通力合作，用不了多久，定然能夠攻下鄴城，而且按照時間來算，袁譚也差不多能夠趕到鄴城附近。」

呂布道：「那好吧，就這樣定了，半個月內，清除袁氏勢力，讓袁氏從此在這個世界上消聲匿跡！」

高飛點了點頭，對身後的黃忠道：「傳令下去，讓陳到對北門城牆展開攻擊，務必要將周邊城牆砸出一個缺口來！」

黃忠「諾」了一聲，便策馬去傳令了。

張遼到了呂布的身邊，拱手道：「主公，末將沒有發覺敵軍的埋伏，折損了兵馬，請主公責罰！」

呂布道：「不必介懷，如今高順還在門洞裡，你再率領一支騎兵去接應高順，務必將高順救出來！」

張遼抱拳道：「諾！」

與此同時的北門門洞內。

高順帶領的六百名刀盾兵直接被韓猛帶領的騎兵給衝撞了上去，守在最前排的刀盾兵被馬匹帶來的巨大衝擊力給撞飛，有的被撞得骨折，有的直接被撞死，一連向後倒了兩三排，才遏止住馬匹衝撞的力道。

高順本來站在隊伍的最前面，士兵們擔心他的安危，便讓他站在中間指揮。他見前面兩三排的士兵被衝撞的不成隊形，回頭看到自己的士兵已經撤離到了護城河的對岸，便朗聲道：「邊退邊打！」

兩軍一經碰撞在一起，頓時開始了混戰，韓猛長劍在手，劍舞成團，鋒利的劍刃不知道劃破了多少人的脖頸，只覺得一柱柱的鮮血不斷噴湧而出，而他身後的蔣義渠、張南、呂曠、呂翔四將和眾多騎兵也都鬥志昂揚，紛紛用手中的長槍、長矛、長戟之類的兵器和陷陣營的士兵進行作戰。

陷陣營的士兵都是訓練有素的人，舉盾、出刀都有一定順序，第一排舉盾當兵刃，上砍騎兵，第二排則配合第一排的士兵從雙腿的縫隙中下砍馬腿。

趙軍騎兵近身後，騎兵的優勢就顯不出來了，被陷陣營的士兵堵在門洞內，完全施展不開，前面的前進不了，後面的也衝不進來，除了幾個將軍、校尉之外，其餘武藝稀鬆的士兵都紛紛落馬，地上一片血污。

張遼從後面帶著百餘名騎兵，冒著趙軍箭矢衝了過來，見到門洞內正在混戰，便大聲喊道：「高將軍，快撤退，追兵我掩護！」

高順聽到張遼的喊聲，見張遼帶著百餘名騎兵來到門洞，立刻下令道：「全軍後撤！」

一聲令下後，高順帶著剩餘的陷陣營士兵向後急退，張遼則帶著騎兵從門洞的兩邊向前衝。

張遼單騎經過高順身邊時，朗聲道：「高將軍，燕軍正在用投石車作為掩護，請火速撤退，追兵就交給我好了。」

高順和張遼一向配合默契，兩人心照不宣，他向張遼笑了一下，便帶著部下立刻撤出了門洞。

張遼帶領騎兵迅速擋住了去路，他橫刀立馬，凝視著追趕過來的韓猛，暴喝道：「來者何人？」

韓猛見張遼甚是年輕，卻是一臉的猙獰，一聲暴喝下更顯得聲如洪鐘，氣勢雄渾，雖然只帶著百餘騎兵，卻對他並無怯意，不禁暗暗稱奇。

他勒住馬匹，長劍握在手中，朗聲喊道：「在下韓猛，未請教閣下大名？」

「雁門馬邑人，張遼是也！」

韓猛聽後，心中暗道：「沒想到他就是張遼，居然是如此年輕的後生，能和高順齊名，武力自然不低，若砍了他的腦袋，呂布也就等於斷了一臂……」

想到這裡，韓猛便朗聲道：「敢和我單打獨鬥嗎？」

張遼見韓猛人多勢眾，而且身後的蔣義渠、張南、呂曠、呂翔四將個個都露出了凶狠的目光，他是前來救援高順脫困的，覺得自己不宜戀戰，便道：「哼！兩軍交兵，比的是勇氣和智謀，身為大將，豈能隨意和人進行決鬥？」

韓猛不善馬戰，只是想試試張遼的武力罷了，見張遼不願意，也不強求，將手中長劍向前一揮，大聲喊道：「殺無赦！」

蔣義渠、張南、呂曠、呂翔四將拍馬而出，身後的騎兵也是如狼似虎地向張遼撲了過去。張遼皺著眉頭，沒有下令撤退，而是提刀縱馬，直接迎了上去，和趙軍這些騎兵扭打在一起。

他連續砍翻了三四個騎兵之後，看見蔣義渠正在綽著長槍，冷不丁地快速奔到蔣義渠的身邊，大喝一聲，舉刀便砍。

蔣義渠大吃一驚，猝不及防，眼看自己就要沒命了，大聲叫了起來。

「噹……」一柄長劍刺斜而出，直接撥開了張遼的大刀，長劍順勢向張遼攻了過去，占盡了短兵的便利，將張遼向後逼開。

握劍之人正是韓猛，他看著驚魂未定的蔣義渠，喝問道：「傷到沒有？」

蔣義渠搖搖頭。

韓猛看著張遼，喊道：「休得猖狂！看我取你首級！」

張遼只和韓猛交手了兩招，便知道韓猛的劍法十分的精妙，他回頭看見自己的部下和趙軍的騎兵混戰在一起，雖然暫時不會落敗，但畢竟趙軍騎兵甚多，當機立斷，調轉馬頭，朝回殺去，大聲喊道：「撤退！」

百餘名狼騎兵都是張遼親隨，一聽到張遼的命令，就近斬殺了幾個趙軍騎兵之後，一溜煙的便退出了門洞，朝北門外面跑了過去，來去匆匆，一百零八個騎兵一個都不少的回去了。

張南、呂曠、呂翔欲帶兵追趕，卻被韓猛叫住：「窮寇莫追，回城！」

戰鬥草草結束，呂布折損了兩千多的步騎兵，而且帳下健將李封也死了，懊悔不已。

看到高順、張遼安全地退了出來，呂布的心裡總算有一絲欣慰，朗聲對高順、張遼道：「暫時退兵，改日再戰！」

高飛也在這個時候下令撤軍，對呂布道：「這兩天都是因為晉侯防守西門不利所致，我希望晉侯在陳宮到來之前嚴守西門，等我先收拾掉袁譚，再一起攻打鄴城，徹底清除袁氏在河北的勢力。」

呂布損兵折將，沒什麼好說的，便點點頭，帶著部下走了。

黃忠策馬來到高飛的身邊，看到呂布遠去的背影，對高飛道：「主公，**呂布可不是一個省油的燈**，今天只是折損了他少許人馬，死了一個李封而已，真正的主力大將高順、張遼並未受損，以後必須多加留心才是。」

高飛點點頭道：「我自有分寸，**呂布此人遠比袁紹危險**，必須儘快清除袁氏在河北的勢力，然後鼓動呂布去占領司隸，這樣一來，我軍便可扼守要道，截斷他的歸路了。」

黃忠笑道：「主公英明！」

平原郡，高唐縣。

黃河岸邊，臧霸帶著士兵，將渡口守衛得嚴嚴實實的，他帶著昌豨、孫觀、孫康、尹禮、吳敦、郭英、陳適等人在黃河岸邊巡視，指著岸邊的土牆道：「這裡還要再加高，再加固一點，多配置弓箭手以防止趙軍北渡。」

負責把守這一段河道的郭英抱拳道：「諾，屬下明白。」

臧霸又指著不遠處的淺灘道：「多在河床上布置一些木樁，一旦趙軍的渡船趁著夜色登岸，那些木樁便會阻隔他們的前進，嚴重的更會戳穿船底。陳適，這件事就給你去做，務必要做到盡善盡美。」

陳適道：「諾！」

話音剛落，眾人便聽到從西北方傳來一陣急促的馬蹄聲，一名騎士奔馳而來。眾人扭頭看去，正是魏延。

臧霸道：「不管他為何而來，都應該親自去迎接，你們都跟我一起去迎接魏延。」

「諾！」眾人齊聲答道。

兩下相見，臧霸道：「魏將軍遠道而來，有失遠迎，還請見諒。」

魏延跳下馬背，高興地道：「跟我不必客氣，我魏延不是那種拘禮的人，以後咱們以兄弟相稱即可。」

臧霸新歸附高飛沒多久，見魏延如此豪爽，便也朗聲道：「既然如此，那我就不客氣了。魏老弟，你不是去昌邑了嗎，什麼時候回來的？」

「早回來了，有些日子了，曹操不是去攻擊青州了嗎，那都是我……我的功勞，是我憑著三寸不爛之舌說服曹操的。」

魏延本來想把許攸的功績一起說出來，可是他不是很喜歡許攸，也有意在臧霸面前表功，便刻意隱瞞了下來。

臧霸並不關心這些，他關心的是眼前的事情，問道：「魏老弟，是不是主公派你來的？」

魏延一拍腦門，叫道：「哎呀，你瞧我這腦袋，我差點忘記了，的確是主公讓我過來的，主公讓我們一起從平原出兵，攻打尚未被曹操占領的青州郡縣。」

臧霸聞言道：「可是這樣一來，袁譚就會北渡黃河，帶兵到冀州來了，這些主公清楚嗎？」

魏延笑道：「主公比誰都清楚，主公這麼做是故意放袁譚過河，想圍點打援，將袁譚給收拾掉。」

「原來如此……」臧霸道：「主公真是神機妙算啊，如今曹操在南岸和袁譚打得不可開交，袁譚抵擋不住曹操的攻勢，幾次三番想渡河，都被我給攔了下來，據斥候來報，袁譚差不多還有一萬多人滯留在南岸和曹操周旋……」

「那還等什麼？我來的時候，主公都交代清楚了，讓我們進攻青州各郡縣，先占領再說，等擊敗了袁譚，主公要用青州的地盤做一筆大買賣。」魏延道。

「什麼大買賣？」臧霸道。

魏延面露難色地道：「我也不知道，主公說到時候我自然會知道。臧將軍，我們何時開始進攻南岸的青州郡縣？」

臧霸道：「魏老弟遠道而來，應該先歇息一番，我要逐一通知沿岸守軍，明天一早便可向南岸開拔。」

魏延摩拳擦掌道：「太好了，臧將軍，主公讓我做你的副將，你給我一支兵馬，我做先鋒，保證將剩餘的青州郡縣全部占領了。」

臧霸笑道：「如此甚好，魏老弟，我們回營敘敘吧。」

魏延跟著臧霸回到軍營，受到了臧霸的熱情款待，酒足飯飽之後，便在營寨裡睡了一夜。

第二天一早，魏延聽到隆隆的鼓聲，便醒了過來，出營帳時，天色才剛濛濛亮，營寨外面已經聚集了許多士兵，臧霸正在調兵遣將。

魏延看到臧霸治軍嚴謹，不禁誇讚道：「難怪主公讓我來給他當副將，大概是想讓我學習他調兵遣將的方法吧？」

「散！」臧霸簡明扼要的吩咐完，抬起右手，向下一揮，站在他面前的將領便都各自散去。

臧霸扭轉身子，看到魏延站在他的身後，道：「魏老弟，昨夜睡得可好？」

魏延道：「很好，承蒙臧將軍款待了。」

臧霸笑道：「魏老弟，我這裡原本有一萬三千名士兵，在攻打平原以及堵截袁譚過河的時候戰死了一千人，就只剩下了一萬兩千人，我將一萬人分成五部，交給我的五位結拜兄弟指揮，剩餘的兩千人我分別給了郭英和陳適，現在我讓郭英和陳適這兩千人的軍隊交給你指揮，由你出任先鋒，渡河南下，攻打青州郡縣，你覺得這樣的安排可滿意嗎？」

魏延一聽讓他領兵打仗，還讓他當先鋒，當然滿意，不住地點頭道：「行，我是你的副將，你怎麼安排都行。」

臧霸笑道：「那好，那就由你率領這兩千人為先鋒，率先渡河南下，首先攻取濟南郡，曹操的精銳部隊正和袁譚在濟南郡的歷城一帶激戰，根本無暇顧及濟南郡的其他各縣。我收到消息，劉備投效了曹操，並且成功說服北海國相孔融以及東萊郡、齊郡的部分縣城，只是劉備沒有兵，即使那些縣城被說服了，也不代表有什麼意義。我的意思是，讓你攜帶十天的乾糧，先攻占濟南各縣，再向東收取樂安郡各縣，之後揮兵南下，攻占齊郡的臨淄城。」

魏延尋思了一下，問道：「你是讓我轉戰三郡之地，以迅雷不及掩耳之勢橫掃三郡各縣，讓青州半數百姓人人自危？」

「不！恰恰相反，我的意思是讓你每到一縣，便留下十名士兵，協助當地縣令、縣尉豎立起我燕軍的大旗。你最後攻占臨淄城，就駐紮在那裡，擋住劉備等人從北海湧入齊郡，我率領大軍在你的身後，會派遣士兵去接管你所攻占的各縣，事成之後，你就是這次青州之戰的首功。」臧霸朗聲道。

魏延瞥了臧霸一眼，問道：「你有功不得，卻讓給我，是何道理？」

臧霸嘿嘿笑道：「我剛來不久，以後有的是立功的機會，更何況我看得出來，主公派你到這裡來，是想給你一個磨練的機會，既然主公是這個意思，我又何必去拂逆主公的意思呢？」

魏延聽後，打心眼裡佩服起臧霸來，深深地朝臧霸鞠了一躬，抱拳道：「臧將軍，請受魏延一拜。」

臧霸見魏延便要彎身鞠躬，急忙伸出手扶住了魏延，笑道：「都是為主公效力，不必客氣，再說我剛來不久，主公就如此重用我，我已經心滿意足了，這點功勳是老弟你應該得到的，你完全可以欣然接受。」

這時，郭英、陳適兩員將領走了過來，朝著臧霸抱拳道：「參見將軍！」

臧霸鬆開魏延，將雙手背在後面，一臉正氣地問道：「你們都準備好了嗎？」

郭英、陳適齊聲道：「都準備好了，但聽將軍吩咐。」

臧霸滿意地點點頭，看著這兩員從公孫瓚那裡投降過來的將領，朗聲道：「從現在開始，你們兩個就跟隨魏將軍左右，帶領你們的部下跟隨魏將軍為前部先鋒。」

「諾！」

魏延當即抱拳道：「臧將軍，事不宜遲，那我就先行離開了！」

臧霸點點頭：「魏將軍，到達臨淄城後，請務必要守住要道，我料劉備那一撥人必然會從北海竄入齊郡，想占據臨淄城。」

魏延嘿嘿笑道：「放心，劉備要是敢來，我就讓他有來無回。」

話音落下，魏延便帶著郭英、陳適二將去了河岸邊，見到河岸上擺放著許多條船隻，兩千騎兵在陸續登船，便對郭英、陳適道：「你們兩個一直指揮的都是騎兵？」

陳適道：「是的，我們兄弟二人雖然是降將，可是臧將軍非但沒有看不起我們，反而讓我們指揮騎兵，臧將軍實在是一位不可多得的好將軍。」

郭英也道：「臧將軍對我等不薄，甚至比他的部下還優厚，我等二人若不以死報答臧將軍，又怎麼對得起臧將軍呢。」

魏延聽後，頓時想到臧霸曾經在青州和徐州時自成一方豪帥，此時聽到陳適、郭英二人的話語後，覺得臧霸不愧是做過一方豪傑的人，深深地佩服起臧霸。

他自言自語地道：「主公真是用心良苦啊，讓我來臧霸這裡，其實不是讓我立功，而是讓我來學習的，臧霸真將軍也，難怪主公對他如此的放心，我以後一定要超越過他。」

隨後，魏延帶領著陳適、郭英率先登船，和早已登船的兩千騎兵一起乘坐著船隻向黃河南岸漂了過去。

與此同時的鄴城外，呂布昨天吃了一個小虧，不敢再貿然進攻鄴城，而是乖乖地等候在營寨之中。

昨日他從北門歸來的時候，聽說袁熙和文醜隔著護城河對過話，心中便起了一絲疑竇，本來他不想過問太多，但是也不知道為什麼，他總擔心文醜會離他而去，一覺睡醒之後，他就再也坐不住了。

「來人！去把文醜叫進來！」呂布衝帳外喊道。

不多時，一身盔甲的文醜一進大帳便抱拳道：「末將參見主公！」

呂布道：「我已經任命你為我的副將，全軍將士都要聽從你的命令，除了我和陳宮外，你算是我晉軍中首屈一指的人物了，就連跟隨我很久的高順和張遼的職務都在你之下，我是如此的器重你，難道在你的心裡，你還是一個末將嗎？」

文醜急忙道：「末……屬下不敢，屬下承蒙主公抬愛，主公對屬下很是厚重，屬下萬死不辭。」

呂布「嗯」了一聲，道：「聽說昨日我率軍攻打北門的時候，袁熙和你說過話？」

文醜點點頭，回道：「確有此事。」

「聽說你們聊了足足有半個時辰？」

「正是！」

「什麼事聊得那麼久？你該不是想要割下我的人頭，獻給袁熙吧？」

文醜急忙跪在地上，澄清道：「屬下不敢……屬下不敢……屬下只是和袁熙簡單的聊了點事，袁熙勸屬下重新輔佐他，只是屬下沒有同意。」

「你可知道我軍在遇到你以前，從未收降過任何人嗎？」

文醜道：「屬下聽張將軍說起過……」

呂布緩緩地站了起來，看著文醜，大聲地道：「我覺得你的武藝不錯，堪稱當世一絕，所以想給你一個施展機會，如果你敢背叛我，我就讓你死無葬身之地。」

文醜鄭重地道：「屬下不敢，屬下既然選擇了投降主公，就不會再反叛，而且屬下對主公也是心服口服……」

呂布抬起手道：「你起來吧，好好準備一下，明日軍師就到了，我還要引薦你給軍師呢，下去休息吧。」

文醜長出了一口氣，額頭上冒出虛汗，退出營帳。

出了營帳，文醜擦拭了一下額頭，心中想道：「呂布舉世無雙，陳宮智謀超群，雖然將才不是很多，但是並州健兒個個如同虎狼，或許跟著呂布會比袁紹好上許多倍，而且我一來，呂布就把我放在了高位，這份知遇之恩要遠比袁紹的深厚得多……」

燕軍大營裡，高飛正站在大帳外面仰望天空。

微風拂面，吹著高飛涼颼颼的。

他感覺風中夾帶著一種濕氣，便一直仰望天空，看著天空灰濛濛的，太陽被雲層隔絕了起來，而且雲卷雲舒，加上風也變得越來越大起來，臉上浮現出一絲笑容。

「看來我沒有猜錯，是要下雨了。」

高飛扭頭對身邊的一個親兵道：「快去通知各個將軍，到大帳來商議事情！」

「諾！」

燕軍大營的中軍大帳裡，高飛端坐在正中，文武官員盡皆到齊，他環視眾人一眼，當即道：「諸位，已經變天了，這幾日必然會迎來雨天，水淹鄴城的計畫即將得以實現，我軍鏖戰在此，是時候和趙軍決戰了。斥候來報，臧霸已經成功渡過黃河，正在襲取青州部分郡縣，袁譚也撤離到黃河北岸，袁譚在青州勢孤，必然會帶領殘軍到鄴城來，我軍必須要一舉殲滅。館陶是到鄴城的必經之路，我軍可以預先在這裡設下埋伏……」

說話間，高飛目光掃視了一下在場的諸位武將，隨即喊道：「陳到、文聘、盧橫、高林、廖化！」

五人站了出來，抱拳道：「末將在！」

高飛道：「袁譚敗軍不足一萬，而且長途奔波肯定會疲憊不堪，我給你們五千飛羽軍，陳到為主將，文聘、盧橫、高林、廖化為副將，在館陶一帶設下埋伏，一定要將袁譚擊殺，之後返回鄴城，和我合兵一處，再一起攻打鄴城。」

「諾！」

「其餘眾將留守各個營寨，各司其職，等大雨過後，再聽我號令。」高飛道。

吩咐完畢，各將陸續離開大帳，荀諶卻一動不動，向高飛道：「主公，屬下有一事要向主公稟告。」

「但說無妨。」

荀諶道：「這三天來，屬下奉命挖掘河道，雖然已經完工，然而在蓄水上出了一點問題，如果這兩天連續下暴雨的話，只怕堵住漳河的土牆會承受不住而崩潰，可能會導致我軍所在的營地成為一片澤國……」

「你既然能看到其中的弊端，必然有解決的辦法，你且說說看。」

荀諶道：「屬下以為，主公應該早做防範，先將營寨遷往高處，或者加高營寨，這樣一來，洪水到來之際，營寨就不至於被泡在水裡了。」

高飛道：「嗯，那就照你說的辦。」

送走荀諶後，高飛讓人叫來白宇和李玉林，問道：「我讓你們做的事，進展的如何了？」

白宇道：「啟稟主公，這兩天屬下在附近的樹林、水塘、小河尋訪了一下，確實發現不少毒蛇，屬下已經將毒蛇聚集在一起，只等主公一聲令下了。」

李玉林道：「屬下也已經辦妥了，屬下發現了一個禿鷲的巢穴，費了老大力氣才將這些禿鷲給控制住，只要主公下令，這些禿鷲就會跟隨海東青一起從空中襲擊鄴城。」

高飛雖然不懂如何馴服猛獸毒蛇，但是他知道白宇、李玉林有這個能力，所以便將白宇、李玉林從荀諶的隊伍中調了回來，秘密委派他們兩個去執行這項任務，在附近找尋猛獸、毒蛇，然後利用這些動物提前騷擾一下鄴城，目的就在於讓趙軍的軍心浮動。

「很好，你們今晚就行動，事成之後，我重重有賞。」高飛高興地道。

「多謝主公！」白宇、李玉林拱手道。

日暮蒼茫，剛剛渡過黃河的袁譚帶著殘軍，經過一夜的奔波終於抵達了甘陵城。

甘陵城本來是清河國的國都，隸屬於冀州，袁紹就任冀州牧時，大漢的清河孝王沒多久便死了，因為沒有子嗣，所以清河國就被削除了。袁紹便將清河國變成了清河郡，置太守，甘陵城也就順理成章地成為清河郡的郡城。

清河太守、甘陵縣令、縣尉都是袁紹的舊屬，因為這裡沒有軍兵，所以一聽說臧霸攻占了平原郡，高飛率領大軍圍住鄴城，便和其他冀州郡縣一樣聞風而降，紛紛上了降表，所以，在甘陵城的城牆上，迎風飄揚的是燕軍的大纛。

袁譚騎著戰馬，一臉疲憊，當他看見甘陵城上飄展著燕軍的大旗時，怒不可遏地道：「可恨！這幫鳥官，有好處的時候跑得比誰都快，大難臨頭的時候，降得比誰都早，實在是太可恨了！」

一個身穿長袍，面白青鬚的中年漢子策馬來到袁譚的身邊，有氣無力地道：

「大公子，自從我軍渡過黃河以來，一路上所過之處，燕軍大旗迎風飄展，主公將所有兵力全部集中在鄴城，以至於各個郡縣只有少許的衙役，這些官員投降燕軍也是逼不得已，還請請大公子不要動怒。我軍奔波一天了，前面就是甘陵城，我料城中沒有什麼軍隊，只要大公子一到，清河太守、甘陵縣令等人就會開城迎接大公子的到來，先在此休息一晚，一來可以借助城防躲避曹操的追擊，二來可以休整兵馬，待明天天亮時再回鄴城不遲。」

袁譚點點頭，對這個人言聽計從，道：「王大人，這一路上幸虧有你，否則的話，我早在泰山就被曹操給擒住了。」

這面白青鬚，穿著長袍的漢子叫王修，是青州名士，被袁譚聘為軍師、青州別駕，在青州一帶頗有名聲。

王修聽完，重重地嘆了一口氣，道：「曹操用兵十分厲害，我根本不是他的對手，加上曹操帳下又有幾員猛將，高覽、韓猛兩個月前被主公調到了鄴城，大公子帳下沒有什麼將才，所以才會被曹操以少勝多。為今之計，就是趕緊回到鄴城，先從燕軍背後殺個措手不及，配合主公內外夾擊，鄴城之圍必然會被解除。」

鄴城被高飛的燕軍圍得水洩不通，裡面的出不來，外面的進不去，所以關於鄴城的一切消息，都被燕軍給封鎖住了，洩露出去的，基本上都是高飛故意散布出去的，好讓冀州的郡縣感到袁紹大勢已去。

袁譚遠在青州，曹操偷襲泰山時，他率部回擊曹操，不想在泰山中了曹操的埋伏，損兵折將不說，還險些被曹操擒住，若非王修急中生智，讓士兵和袁譚互換了盔甲，只怕袁譚很難脫困。

之後，袁譚又在青州和曹操進行了大小六次戰鬥，每次戰鬥都以失敗告終，五萬兵馬，短短兩三天便剩下只有一萬多人，想橫渡黃河，卻又遭到臧霸的堵截。

也就是在今天早上，他突然接到斥候的奏報，燕軍在北岸的防線完全撤了，紛紛南渡黃河了。他一方面擔心曹操再來襲擊他，另一方面也想早點回到鄴城，整軍再戰，便毫不猶豫地率軍渡過了黃河。

可是，袁譚渡河不利，由於士兵爭搶著上船，讓渡河變得混亂不堪，恰巧曹操帶兵殺到，在岸邊掩殺，又讓他失去了許多兵馬，真正渡過黃河抵達北岸的，只有七八千人而已。

袁譚抖擻了一下精神，朗聲道：「今日暫且在甘陵城裡休息，都跟我來！」

甘陵城裡的清河太守、縣令、縣尉一聽說袁譚帶大軍到來，紛紛出城相迎，立刻拔掉燕軍大旗，換上了趙軍大旗，牆頭草的作風體現的很是到位。

袁譚進入城中後，也不和這些太守、縣令計較，太守、縣令主動獻上食物、住所，以供袁譚等人休息，疲憊不堪的袁譚等人吃飽喝足之後，除了一些要巡防的士兵外，其餘的都倒頭便睡。

第七章

驚天一箭

歐陽茵櫻不是在為太史慈高興，而是在為她自己高興，太史慈之所以能夠取勝，完全是因為她放的那一支冷箭，同時，她也在為整個燕軍高興，現在顏良也戰死了，趙軍肯定沒有了反擊的能力，攻取鄴城已是不在話下。

黃河岸邊，高唐渡口。

臧霸將一萬軍兵陳列在岸邊，弓弩齊備，看著河中飄蕩著曹操的船隻，便緊鎖眉頭，自言自語地道：「果然不出我所料，袁譚北渡之後，曹操必然會前來追擊，若不是我早有先見之明，晚一天離開此地，曹操的大軍這會兒恐怕就已經踏上了冀州的土地。」

河中央的船隻上，曹操站在船頭，看著臧霸立在岸邊，失聲道：「怎麼是他？沒想到臧霸投效高飛了……」

「主公，看來臧霸早有防範，袁譚之所以能順利渡過黃河，估計也是臧霸故意放過去的。臧霸陳兵在此，看來是不想我軍渡過黃河了，我們現在是前進還是後退？」戲志才站在曹操身邊，輕輕地咳嗽了兩聲道。

曹操凝視著臧霸，以及河岸上嚴陣以待的燕軍，道：「臧霸真是一個將才，只可惜他投效了高飛……軍師，傳令下去，撤軍，回青州，必須要儘快占領青州全境，劉備那小子也要著手收拾一下，否則會成為我軍大患。」

「屬下明白。」戲志才一扭頭，朗聲喊道，「主公有令，全軍撤退！」

黃昏時分，天空中已是烏雲密布，燕軍的大營裡正在秘密地進行著整修，士兵們將一擔擔黃土挑到軍營裡，然後用大石頭夯實，將營地所在的地面加高加固。

入夜後，忽然狂風大作，一陣陣涼颼颼的風吹動著燕軍的大旗呼呼直響，一連熱了那麼多天，今天突然迎來涼爽的大風，士兵們的臉上都是一陣高興。

鄴城西門的晉軍大營裡，呂布帶著眾將等候在營寨門口，看著從夜色中走來長長的運糧隊伍，心裡感到很安慰。

「都小心點，別弄灑了，誰出了差錯，我就唯誰是問。」陳宮騎著一匹青色戰馬，身披薄甲，指揮運糧的隊伍。

呂布盼來了糧食，同樣盼來了陳宮和援軍，他的心裡別提有多高興了。

「屬下參見主公！」陳宮策馬奔到呂布面前，抱拳拜道。

呂布對陳宮頗為依賴，這兩年在並州，他常常率領軍隊出塞，並州的一切事情都交給陳宮來處理。

陳宮也不辱使命，運用他的才華將並州治理得井然有序，然而，為了籌措軍費和糧草，陳宮不得不加重並州百姓的苛捐雜稅，除此之外，他還用不少寄居在並州境內依附大漢的匈奴人，讓這些匈奴人加入軍隊，為呂布打仗。

呂布依靠個人的武勇，讓所有的匈奴人為之折服，並且心甘情願的為其效命。他也認識到匈奴人在騎兵上的優勢，親自加以訓練，並且成功組建了一支以匈奴人為主力的騎兵隊伍。

匈奴人以狼為圖騰，所以這支軍隊就被稱為**狼騎兵**，歸張遼調遣，而並州境內的漢人則全部被納入到魏續所統領的親衛軍裡，呂布再從這些親衛軍裡挑選出精銳的兩千人，組建了陷陣營，交由高順統帥。

並州人口少，兵源不足一直是呂布很頭疼的問題，陳宮拉攏來匈奴人，對呂布而言，無疑是幫了他一個大忙。所以，呂布每次出塞打仗，總是沒有後顧之憂，他對陳宮也更加依賴了。

呂布嘉許道：「軍師果然沒有食言，今天剛好七日，軍師能夠在七日之內籌措到這麼多糧草，實在是大功一件啊。」

陳宮道：「為主公效力，是屬下應該做的。冀州百姓富庶，單一個邯鄲城就能籌措到許多糧草，何況還有常山、中山等郡呢，三萬兵馬我只帶來了兩萬，餘下一萬，我讓各個軍司馬帶領著留守中山、常山、趙郡三地，不知道主公這邊進展的如何？」

呂布的臉頓時現出怒意，道：「別提了，趙軍狡猾，我軍這兩天連續折損了兩千多兵馬，就連成廉、薛蘭、李封三將也接連陣亡，鄴城並非我所想像中的那麼容易攻打，而且我軍來的都是騎兵，攻城器械根本沒帶……」

陳宮聽到呂布的話音越來越弱，最後沉默下來，便拱手道：「主公勿憂，屬下對戰事並不瞭解，主公可否細細說給屬下聽？」

呂布點點頭道：「看樣子，今夜要下雨了，這裡不是說話之地，隨我進帳吧。」

陳宮和呂布一起走進寨門，經過高順、張遼身邊時，忽然發現兩人中間站著一位他從未見過的大漢，問道：「主公，這位是……」

「在下文醜，見過軍師！」文醜急忙朝陳宮拱手道。

陳宮聽後，大吃一驚，扭頭問道：「袁紹帳下有五員猛將，顏良、文醜、韓猛、高覽、鞠義，其中以顏良、文醜最為勇猛，兩個人皆是勇冠三軍，萬夫莫敵的將才，真沒想到主公竟然能夠讓文醜歸降，這可真是主公之福，我晉軍之福啊。」

呂布笑道：「這都是張遼的功勞，若非他勸說文醜歸降，恐怕文醜早已成為我的戟下亡魂了。」

陳宮斜眼看了一下張遼，見張遼意氣風發，精神抖擻，便道：「文遠智勇雙全，主公應該好好待之，日後必然能夠成為獨當一面的大將。」

呂布回道：「軍師也太看不起張遼了，在我心裡，他已經是獨當一面的大將了，在我將狼騎兵交給他時，我就已經給予了他肯定。」

「是是是，主公說得是，屬下口誤。」陳宮見呂布的臉上露出了不悅之色，急忙道。

呂布一把拉住陳宮的手，對眾位將軍道：「諸位，軍師遠道而來，我今日設宴款待軍師，諸位一同前來，今日大家不醉不歸。」

高順、張遼、文醜等人齊聲答道：「諾！」

鄴城內，袁熙獨自一人坐在趙侯府的大廳裡，整個人顯得很鬱悶，白天文醜的一番話，讓他很不理解。在他看來，文醜是他父親帳下最為忠心且又勇猛的部下，又是將他拱上大位的人，他無法理解文醜會突然投降呂布。

「主公……」沮授從大廳外走了進來，見袁熙眉頭緊縮，試探地喊道。

袁熙正在思考事情，根本沒有聽見沮授的話，甚至連沮授進來了他都不知道，兩眼呆呆地盯著地面，雙手緊握，咬著牙道：「為什麼……你會投降呂布……這到底是為什麼？」

沮授從袁熙的話中聽出了是怎麼一回事，搖搖頭道：「主公，事已至此，再想也無濟於事了，只能說人各有志。屬下也愧對主公，今日雖然小勝晉軍一仗，但是後面會更加艱辛，如今敵軍已經將四門圍定，屬下身為趙軍的軍師，卻無法想出退敵之計，實在是羞愧不已啊。」

袁熙這時反應過來，道：「軍師不必介懷，或許我袁氏真的是大勢已去了，鄴城中尚有五萬兵馬，糧草也夠維持一年之久，我們若是堅守不戰的話，或許能夠拖垮敵軍……」

「轟隆！」一道閃電從天空中劈了下來，緊接著傳來一聲巨大的雷聲，直接將袁熙說話的聲音給蓋住了。

沮授只見袁熙張嘴，卻聽不到聲音，急忙跑到大廳外面，看到夜空中閃電混著雷聲，急忙叫道：「不好！燕軍或許真的能夠水淹鄴城了！」

袁熙也跑了出來，問道：「軍師，你剛才說什麼？」

沮授急道：「主公，趙軍堵住了漳河流進護城河的河道，肯定是在那裡建了一個堤壩，用以蓄水。白天時，我沒有預料到天氣會變化得如此之快，現在雷閃雷鳴，正是暴風雨來臨前的預兆，如果這場暴雨繼續下下去，漳河的水位必然會隨之上漲，一旦燕軍挖開缺口，河水順勢而下，必會沖進護城河裡，護城河水位必將漫上地面，河水就會湧進城裡來，鄴城瞬間將變成一片澤國。」

袁熙聽沮授說得如此嚴重，憂心道：「那該如何是好？」

沮授道：「為今之計，只能先行將城牆四周能夠溢水的地方給堵截起來，再在城中各處挖掘深溝，以減輕漳河對鄴城的破壞，另外，糧倉裡的糧食迅速轉移到高處，千萬不能被水給淹了，否則鄴城將會陷入空前未有的恐慌。」

袁熙道：「軍師，這事就交給你去做，現在就去，城中的一切都交給你指揮……」

「主公——」陳震從外面跑了過來，慌張地喊道：「大事不好了，顏將軍……顏將軍他……」

袁熙、沮授倒吸一口冷氣，問道：「顏良怎麼了？」

陳震喘了一口氣，道：「屬下和陳琳正在守衛東門，顏將軍突然策馬到來，召集了三千騎兵，命人打開城門，放下吊橋，要殺出東門和燕軍決一死戰，屬下阻攔不住，顏將軍帶著騎兵便衝出了城，剛奔到敵方構建的土牆邊時，突然遭到猛烈的襲擊，燕軍大將太史慈指揮士兵誘敵深入，將顏將軍引到包圍圈裡，使顏良將軍被圍，屬下帶兵衝突不出，反被敵軍堵了回來……」

不等陳震說完，袁熙便怒道：「胡鬧！跟我到東門，出兵救援顏良，我已經沒了文醜，不能再沒了顏良，否則我軍士氣會低落到極點！」

沮授、陳震同時答道：「諾！」

鄴城東門外，點點火光迎風飄蕩，狂風吹得火苗很快就熄滅了，若非有一道道閃電橫空劈下，如此黑暗的夜裡，根本無法看清這裡的動靜。

喊殺聲震天，時不時夾雜著陣陣滾雷的聲音，以及各種各樣兵器碰撞的聲音，還有士兵們慘死的叫聲，從這塊不大的空地上向四周傳開。

燕軍大營的望樓上，歐陽茵櫻焦急地眺望著前方的戰場，除了黑暗還是黑暗，只有天空劈下閃電時才能看清那片空地上的情形。火把點不起來，她也看不清狀況，根本無法分辨敵人在哪裡。

歐陽茵櫻揪著心，心中暗道：「太史慈，你一定要頂住啊，你不是一直要斬殺顏良嗎，這次可是一個好機會啊。顏良已經被包圍了，只要你帶著重步兵和重騎兵死死地將顏良圍在裡面，你就能將其斬殺……」

戰場上，太史慈手持一桿鋼戟，頭戴鋼盔，身披鋼甲，座下騎著一匹栗色的高大戰馬，在閃電落下的一瞬間，他用目光快速地掃視過一圈，然後記住敵人的方位，將鋼戟一揮，便刺死不少敵軍。

周倉帶領著重騎兵從左邊圍成一個弧形，李鐵帶領著重步兵從右邊圍成弧形，兩撥兵馬如同一口大缸一樣，將顏良帶領的人三面圍定，而在顏良帶領的騎兵背後，兩千名穿著輕裝的刀盾兵則死死地堵在那裡，像個鍋蓋將這口大缸給蓋住，把顏良和他帶來的部下一起圍在這口大缸裡，步步為營，一點一點地的向裡靠攏。

一具具趙軍的屍體從馬背上掉落下來，趙軍士兵砍不動燕軍的重裝步兵和騎兵，後面又被燕軍刀盾兵堵死，連續衝了兩次都沒有衝出去，原本高昂的士氣一落千丈，換來的只有無盡的恐慌。

顏良手持一口大刀，那大刀是精心打造而成，鋒利無比，可謂是削鐵如泥，可是當這口大刀碰上鋼制的鎧甲時，卻發揮不了作用，只能相當於棍棒打在人身上一樣。

黑暗、混亂、恐懼，除了怒火中燒的顏良外，其餘的趙軍士兵紛紛洩氣了，有不少趙軍士兵高喊著「我投降」，舉著兵器跪在地上進行祈求，可是，這些士兵選錯了投降的對象，太史慈此時殺心大起，他獨自騎著一匹快馬，手持鋼戟在敵軍陣營裡左右衝突，頗有一番遇佛殺佛，遇仙誅仙的味道。

一顆顆人頭落地，一柱柱鮮血噴湧而出，將太史慈全身染紅，讓他充滿了無比的血腥味。

紅色的血液，熟悉的味道，顏良是嗜血的漢子，一聞到這種血腥味，整個人就變得異常興奮，依靠靈敏的鼻子，順著氣味尋了過去。

太史慈還在四處亂殺，他在尋找敵軍主將顏良，卻發現每次擋在自己前面的不是驚慌的士兵，就是跪地求饒的懦夫，他毫不猶豫地給通通殺了，殺得他都有點麻木了，卻始終沒有發現顏良在什麼地方。

突然，天空中劈下一道閃電，那閃電的光芒格外的耀眼，照亮了鄴城東門的整個大地，太史慈已經成為一個血人了，**在這個以黑色為主色調的晚上，他成為全場最惹人注目的人。**

顏良隱匿在黑暗中，靠著對血味的熟悉，漸漸地接近了太史慈，當那道閃電劈下來後，他赫然看見前方的血人便是太史慈，心中激動不已，舉起手中的大刀，猛然向著太史慈的頭顱劈去，同時大聲叫道：

「太史慈哪裡走?!」

太史慈正在四處搜尋顏良的身影，突然聽到背後一聲大喝，欲待回頭時，只見一道寒光映著閃電的光芒照向他的雙眸，頓時感到無比刺眼，同時全身汗毛豎起，一種不祥的預感襲上心頭，讓他背脊冒出了冷汗。

電光火石間，顏良的嘴角帶著一絲笑容，手中的大刀順勢劈了下去，著實劈中前方的硬物，同時他還能聞到一股新鮮血液的味道，血正順著鋒利的大刀一滴一滴的向下滴淌。

他心中暗喜道：「我斬殺了敵方大將太史……」

太史慈本來騎坐在馬背上，當他感應到顏良從背後劈來的時候，看似絕無生還的機會，可他卻突然從馬背上向前跳了過去，在顏良手中大刀落下的那一剎那躲閃了過去。

恰巧那一刻閃電消失，大地又是一片黑暗，他確定了顏良的方位後，便快步移動。馬匹慘痛的嘶喊聲遮住了他的腳步聲，當他移動到顏良的正前方時，立即挺起手中的鋼戟刺了過去。

顏良感到一股凌厲的力道當胸刺了過來，心中一驚，急忙收回大刀，可是他感覺那力道是如此的迅疾，根本不給他用刀格擋的餘地，於是急中生智，上身急忙向後仰，整個背部貼在馬鞍上。同時掄著大刀的把柄，用力將大刀向一邊掃去。

一桿鋼戟從顏良的面前擦過，森寒的鋼戟的頭部利刃從顏良胸前的戰甲上劃過，發出了刺耳的劃痕聲。

「好險！」顏良手中力道不減，大刀順勢橫掃了過去。

「噹——」一聲巨響在顏良身邊傳來，這時一道閃電劈來，亮光之下，剛剛挺起上身騎坐在馬鞍上的他，登時看見在自己前方不足兩米遠的地方倒下一匹被劈成兩半的戰馬，太史慈就在他的側面，一雙森寒如同毒蛇般的眸子正緊盯著他看。

有道是**仇人見面，分外眼紅**，太史慈和顏良雖然不是仇人，可他們是敵人，兩人四目相接的那一剎那，臉上都現出猙獰之色。

在閃電消失之後，一個縱馬舉刀，另一個挺著鋼戟快步向前，依靠自己記憶中對方所在的方位衝了過去。

「嗆、嗆、嗆……」

兩個人在黑暗中照了一個面，手中的兵器便迅速攻了出去。

兩個人都是身手不凡的武將，一出手便都是連續刺殺揮砍的快攻，一個照面下，兩人各自互相攻守了三招，然後一閃而過，頓時又陷入了黑暗之中。

顏良用鼻子嗅著血液的味道，很快便發現了太史慈位置的所在，臉上一喜，便策馬揮刀狂奔了出去。

太史慈也不含糊，他有靈敏的聽力，豎起耳朵聽聲辨位，也立即就聽出顏良奔馳而來的方向，以及顏良揮刀猛砍破空的聲音，他的臉上浮現出難得一見的笑容。

「噹、噹、噹、噹……」

又是一個照面，兩人在黑暗中又各自攻守了四招，兵器在黑暗中碰撞出火花，頓時使這兩個人成為戰場上的主角。

再次分開時，顏良座下的戰馬屁股上結實的挨了一戟，疼痛難忍的戰馬不得不發出慘痛的嘶鳴聲，就連奔跑也變得吃力起來。

突然，顏良座下戰馬馬失前蹄，雙蹄直接跪倒在地，在巨大的慣性作用下，顏良便被從馬背上掀翻了下來，結實地摔在了地上，滾了幾個滾。

太史慈雖然一時無法辨認顏良的位置所在，可是他很清楚，剛才他刺出的那一戟，絕對能夠讓顏良從馬背上跌下來。可他也不得不佩服顏良，在如此劣勢的情況下，居然還能接住他的四招快攻。

另一邊，顏良從地上爬了起來，心中暗道：「沒想到這傢伙這麼強，難怪會讓他到這裡來堵截我。」

燕軍大營的望樓上，歐陽茵櫻緊皺著眉頭。

「這樣下去不行，顏良是趙軍名將，一個人很難取勝……可是太史慈又是個很好面子的人，絕對不允許別人幫他……」

正躊躇間，又一道閃電劈下，歐陽茵櫻靈機一動，急忙取出身上背著的弓箭，拉開弓弦，輕聲道：「**這一箭雖然無法傷到顏良，卻足以讓顏良分心，就算**

是強弩之末，也絕對能夠給太史慈創造下一個機會，勝負……就在這一箭當中了，太史慈，你可一定要殺掉顏良啊……」

「嗖！」

黑色的羽箭劃破長空，朝著顏良奔跑的正前方射了過去。

歐陽茵櫻早已估算好距離和顏良奔跑的速度，射出那一支箭之後，便皺著眉頭，靜靜地等候著戰場上的動靜……

顏良手提大刀，滿目凶光，正快速地向太史慈奔跑而去，突然聽到一個破空的聲音，心下一驚，急忙停住腳步，將大刀橫在胸前，迎著破空之聲便擋了過去。

「叮」一聲清脆的響聲，一支黑色羽箭的箭頭直接撞在顏良的刀頭上，箭矢軟綿綿的掉落到地上。

「呼……好險！」顏良鬆了口氣，擦拭著額頭上冒出來的冷汗道。

危險並沒有就此消失，急促的腳步聲從側後方傳來，太史慈一臉猙獰地挺著鋼戟刺了過來。

顏良只感覺側後方襲來一股凌厲的力道，**那破空的聲音比起他剛擋下的箭矢**

不知道強了多少倍，這才意識到自己上當了，冷箭只不過是分散他的注意力，太史慈才是真正的主攻手。轉身迎戰已經來不及了……

顏良身上雖然穿著一件銀絲做成的貼身鎧甲，可他從前兩次交手的情況便可以判斷出太史慈的膂力過人，堪比當初他迎戰過的張飛。

他的貼身銀甲曾經被張飛重創過兩次，側後方自從被張飛那一次重創之後，銀甲便失去了原有的防護能力，他生怕太史慈歪打正著，一戟刺中那個薄弱的地方。

在這千鈞一髮之際，**顏良做出一個大膽的決定，他猛然轉過身子，用自己的前胸擋下太史慈的鋼戟**。

太史慈頗感意外，沒想到顏良會主動迎上他的鋼戟，只聽見鋼戟硬生生刺穿顏良胸前鐵甲發出銳利的聲音，可是當戟頭的利刃再向前刺的時候，卻感到被什麼堅硬的東西擋了下來。

他用力向前又刺了一次，鋼戟前頭的利刃非但沒有刺進顏良的身體，反而將顏良整個人向後推了過去。

正當太史慈還在迷茫不解的時候，感到寒光閃閃的大刀凌空朝著他的頭顱劈了下來，他大吃一驚，急忙撤戟向後空翻，當他落地的一剎那，顏良那鋒利的刀刃落在他身前不足三十公分的地方，當真是好險。

太史慈不知道顏良身上穿的到底是什麼，居然能夠擋下他如此猛烈的一擊，但是他並不氣餒，知道顏良身上有堅硬的戰甲保護著，尋思道：「就算刺穿不了你的前胸和後背，也總該能夠刺傷你露在外面的胳膊和腿吧，我就不信我今天殺不了你。」

周倉、李鐵帶領著燕軍士兵已經將其餘的趙軍清掃完畢，那些趙軍士兵死的死、傷的傷、降的降，兩千騎兵在一陣電閃雷鳴中便化為了烏有，只剩下和太史慈決鬥的顏良一人而已。

狂風還在吹，電閃雷鳴依然在繼續，不同的是，夜空中開始落下了淅淅瀝瀝的雨點，雨點由小變大，由分散變得密集，不一會兒便傾盆而下。

顏良一手提刀，一手捂住自己的胸口，雖然有銀甲護身，可是銀甲還是有了點破損，太史慈鋼戟前頭的利刃將銀甲刺穿了一個很小的洞，利刃劃傷他的胸口，鮮血從洞裡滲了出來，貼身銀甲以及外面的一層鐵甲頓時被染成一片鮮紅。

「我太大意了，若在平時，他絕對不是我的對手，怪只怪剛才那一支冷箭讓我分心了，咳咳……」顏良恨恨地道。

太史慈站在原地沒動，他在等待，等待最佳的出手時機，並且要算好他的攻擊部位，兩隻眼睛就如同饑餓的野狼一樣，始終堅定不移地盯著前面的一片黑暗。

「轟隆！」伴隨著一聲滾雷，兩道閃電在雷聲落下的前後，同時在夜空中畫出一道長長的亮光，將大地照得通亮。

太史慈豎起耳朵，眼睛在閃電落下的一瞬間瞅到前方的顏良，他等待的時機終於到來了，他看到顏良捂著胸口，鮮血從手指縫隙裡流了出來，知道剛才那一戟並沒有白刺，臉上一喜，大聲叫道：「看到你了！」

電光火石間，閃電消失，雷聲消散，只有嘩啦啦不斷落下的雨水，雨水沖刷著人的身體，將太史慈身上的血液很快給洗去了。

太史慈奔跑在雨中，朝著剛才瞅準的位置奔跑了過去。

「該死的老天爺，這場雨下的真不是時候！」顏良矗立在雨中，緊握手中大刀，全身提起精神，做出高度的防備。

太史慈這次學聰明了，他蹚著地上的積水，衝到一半時，便放慢腳步，小心翼翼地向顏良靠了過去。

當他快要接近顏良時，突然聽到顏良的那聲抱怨，頓時算準了顏良所在的方位，手中鋼戟猛然向前刺出，同時大聲喊道：「正是時候！」

一聲大喝遮蓋住太史慈出手時鋼戟破空的聲音，加上雨水嘩啦啦的下著，讓顏良除了聽到那聲大喝外，什麼聲音都沒有聽到。不過他肯定太史慈出招了，瞬間將手中大刀舞動起來，在胸前進行遮擋，將自己罩在半個刀鋒的圈子裡。

又一道閃電凌空劈下，照亮了整個大地，黑暗被光亮驅散，一切都變得明朗起來。

「啊」的一聲慘叫，伴隨著滾雷的落下，顏良的脖頸裡插著一根大戟，半個腦袋已經和身體脫離，鮮血不斷從脖頸裡噴湧而出，太史慈則在顏良的側後方，手中持著那根插進顏良脖頸的鋼戟，一臉的興奮。

「撲通」一聲悶響，顏良倒在地上，身體不斷抽搐，接著便一命嗚呼了。

一道道閃電瘋狂地在天空中肆虐著，夜空被閃電照得通亮，讓整個戰場變得清晰可見，周倉、李鐵等人看到太史慈手刃顏良，都頗感意外，片刻之後則歡呼起來。

燕軍大營的望樓上，歐陽茵櫻緊握著一張大弓，看到太史慈立在萬軍之中，顏良則倒在他的腳下，歡喜之下，抑制不住自己內心的喜悅，大聲地喊道：

「**太史慈勝了……太史慈勝了……**」

女高音很快便傳到了太史慈的耳朵裡，他望著在望樓上手舞足蹈的歐陽茵櫻，心裡有一股莫名的興奮，暗道：「小櫻，看到了吧，我勝了，顏良被我給殺了，是我殺了顏良……」

歐陽茵櫻急忙走下望樓，在她的心裡，**她不是在為太史慈高興，而是在為她自己高興**。

她覺得太史慈之所以能夠取勝，完全是因為她放的那一支冷箭，同時，她也在為整個燕軍高興，作為趙軍主心骨的顏良、文醜，文醜先是投降給了呂布，現在顏良也戰死了，趙軍肯定沒有了反擊的能力，攻取鄴城已是不在話下。

袁熙帶著沮授、陳震，冒著風雨來到東門的城樓上，在電閃雷鳴間看到燕軍在城外歡呼，太史慈一人立在萬軍之中，腳邊躺著一具穿著十分熟悉的屍體，整個人頓時癱軟在地。

「完了……趙軍完了，趙軍要徹底完了……」袁熙自言自語地道。

沮授重重地嘆了口氣，道：「難道上天真的要亡掉趙國嗎？」

「我們來晚了一步……」袁熙前兩天的意氣風發頓時煙消雲散，他抬起頭望著沮授，用一種祈求的眼神問道：「軍師，我們現在該怎麼辦？」

沮授道：「**為今之計，只有堅守城池了**，顏良雖然陣亡，可是城池還在，還有韓猛、蔣義渠、張南等眾多戰將，還有五萬大軍，還有足夠維持一年之久的糧草，我軍當務之急是準備迎接大雨之後燕軍所帶來的威脅，掘開漳河，放水淹城看來是勢在必行了，我軍要做到萬無一失才行。」

親兵將袁熙扶了起來，他全身濕透，看著城外歡呼雀躍的燕軍士兵，突然問道：「軍師，你說投降的話，高飛會接受嗎？」

沮授聽到袁熙說出這樣的話，心裡登時涼了一大截，看著年少的袁熙，臉上充滿了迷茫和疑惑，他皺起眉頭，道：「主公，你清楚你在說什麼嗎？」

袁熙心冷道：「我很清楚，再這樣下去，我軍也無法擊退敵軍，反而會讓更多的士兵喪失性命……」

「主公，**如果連小小的挫折都不能承受的話，那何談爭霸天下？**袁氏一門忠烈，四世三公，門生故吏遍天下，這是何等的風光，只要主公能再堅持一段時間，一旦屬下想到擊退敵軍的辦法，我軍反擊的機會就會到來，到時候不管是高飛還是呂布，都要被主公指揮的鐵蹄踏平。屬下懇求主公再給屬下一段時間，若還是不能擊退敵軍，那時主公若想再降也不遲！」沮授勸道。

袁熙嘆了口氣，道：「或許我不該接掌大位，我所做的，都只不過是為了給父親看而已，現在父親不在了，我再堅持下去，是要做給誰看呢？」

沮授道：「**人在做，天在看**，全城的將士、百姓都在注視著主公，全冀州乃至天下都在關注著主公，主公應該打起精神，積極備戰，如果主公能夠反敗為勝的話，那麼整個北方或許就會為主公所有。」

「軍師，半個月……我再給你半個月的時間，半個月後，若是不能擊退敵軍的話，我也不願意全城的將士和百姓再跟著我一起受罪了，**投降高飛或許是一條不錯的出路**。」袁熙下定決心道。

沮授無奈地道：「諾！」眺望著城外，發出一聲冷笑。

袁熙轉身欲走，臨走前，對陳震道：「緊閉城門，誰也不准出戰！」

陳震見袁熙萌生了降意，心中暗道：「**看來袁氏真的大勢已去了**，本以為袁紹會比袁術強上百倍，哪知這變故來得那麼快，若是高飛不准降的話，我也只能逃回南陽去投袁術了，反正二袁本是一家，也不算背叛……」

暴雨整整下了兩天兩夜，漳河水位猛漲，王文君站在堤壩上，看著那即將溢出的漳河之水，心裡莫名的興奮。

堤壩高三丈，寬兩丈半，全部是用土夯實，以防止河水的壓力太大而沖毀了堤壩。

王文君配合荀諶選擇的這段圍堵的地方，是整個漳河最為低窪的地方，一下雨，四面的雨水便會彙聚到這裡來，截斷上游的水流，牢牢地將漳河切斷，加上暴雨的澆灌，短短兩天，圍堵的堤壩內就蓄了高出平地三丈的水量。

王文君看著堤壩上的水位漲到了腳邊，興奮很快轉化成喜悅，眼中現出鄴城被水淹沒的畫面。

他巡視了一下堤壩後，正要沿著斜坡下去，卻遙望遠處奔來一群騎兵，定睛看去，領頭的人正是高飛。

他急忙迎上道：「屬下參見主公！」

高飛看到眼前的水位，滿意地道：「這麼高的水位，鄴城肯定會成為一片澤國，王文君，你幹得不錯，這次給你記上一功。」

「此乃荀參軍指揮有方，眾將士齊心協力的結果，屬下不敢貪功。」王文君謙虛答道。

高飛哈哈笑道：「我說你有功你就有功，其餘的將士我也會一併封賞，只要滅了袁氏，到時候全軍有賞。」

荀諶拱手道：「主公，水位已經到了極限，再繼續蓄水的話，只怕會沖毀堤壩，屬下以為，應該當機立斷，現在就挖開一個缺口，讓水流沿著已經挖好的河道朝鄴城猛沖。」

高飛道：「就這麼辦，王文君，這件事交給你去做，現在就讓士兵準備。」

眾人下了堤壩，來到一個相對安全的空地上，看著王文君指揮著士兵挖掘堤壩。

不一會兒，堤壩上便被挖出一個缺口，滾滾的洪水立刻順著缺口一瀉千里，原本的深溝瞬間便被洪水淹沒。

「水火無情，但願這次水災不會奪去鄴城百姓的生命……」荀諶自言自語道。

高飛道：「參軍不必擔心，我們現在應該回去了，等我們再回到大營的時候，鄴城周圍必定是一片澤國，等上一兩天水位下降，就可以展開攻城了。」

「諾！」

與此同時的甘陵城。

袁譚、王修和部下在這裡休整了兩天，暴雨阻斷了他們前往鄴城的道路，今天剛剛放晴，他們便帶著部下離開甘陵城，朝著鄴城方向而去。

烈日曝曬著大地，前兩天的暴雨並未減弱盛夏的酷熱，那許久不見的驕陽反而更加炙熱起來，經過半晌的曝曬，地面上的濕泥變乾了，馬匹奔跑在上面，也顯得從容許多。

袁譚、王修帶著騎兵在前，步兵交由幾個部將帶領著，在後面尾隨。袁譚、王修等騎兵策馬狂奔，連續奔馳了三個多時辰，這才進入館陶地界，已經疲憊不堪的他們不得不暫時停下來歇息一番。

在路旁找個片樹蔭，袁譚翻身下馬，擦拭了一下額頭上的汗水，伸手對身邊的親兵道：「水！」

親兵遞給袁譚一個水囊，袁譚一把接了過來，咕咚咕咚的喝了幾口之後，覺得整個人清爽了許多。

「大公子，從這裡到鄴城還有一段路，稍作休息便可繼續前行，否則，天黑之前是無法趕到鄴城的。」王修在袁譚的身邊提醒道。

「軍師似乎比我更加著急啊。」

王修點點頭：「前兩天突降暴雨，漳河水位必定會上升，屬下擔心燕軍會利用這點水淹鄴城。」

「哈哈哈！那是不可能的事，什麼樣的水能夠淹得了鄴城？你別忘了，鄴城的城牆是最為堅固的，韓馥將州牧治所遷徙到鄴城後，就對鄴城進行了加固，後來父親大人又進行了一番修復，城牆可謂是密不透風，加上鄴城城牆高四丈，要想淹沒鄴城，就必須要有高五丈的水浪才行……」

王修道：「其實水淹鄴城，並不一定非要沖毀城牆，只要淹沒貯存糧草的倉庫就可以了，一旦糧草泡水，那就糟糕了……」

「你說得也有道理，只是我們只有一兩千騎兵，這時候殺到鄴城城下，不是自找死路嗎？」

「出其不意，攻其不備，以少勝多也未嘗不可。」

「好，那就聽軍師的，現在就走，傳令下去，全軍……」

「咚！咚！咚……」

一陣急促的鼓聲瞬間敲響，打斷了袁譚的話，從四面八方湧出許多燕軍騎兵，瞬間便將袁譚、王修等人包圍了起來。

文聘在北，廖化在南，盧橫在西，高林則從東面殺出。

陳到站在一個高崗上，指著被圍的袁譚大聲道：「你們已經被包圍了，不想死的，快快投降！」

燕軍的突然出現，讓袁譚等人大吃一驚，袁譚急忙抽出腰中佩劍，扭頭對王修道：「軍師，該怎麼辦？」

王修道：「只有殺出重圍了，看來我們的到來已經被人預先知道了，只能往回殺，不能往前進。」

袁譚一聲令下，大聲喊道：「殺出去！」

陳到等人早在兩天前便到了這裡，只是這兩天下暴雨，直到今天才等到袁譚從此地經過，便立刻將袁譚等人四面圍定。

他見袁譚想要突圍，手握著鴛鴦雙刀，大聲喊道：「殺！」一聲令下，從高處策馬而下，文聘、廖化、盧橫、高林也各自帶著自己的士兵開始掩殺。

他們帶領的五千人都是精銳的飛羽軍，斬殺精疲力盡的袁譚等人就像砍瓜切菜一般，一場毫無懸念的屠殺就此展開。

混戰剛一開始，袁譚、王修和他們的部下便處在了下風，一是人少，二是軍心渙散，那些意志不堅定的士兵，見飛羽軍氣勢洶洶的衝了過來，立刻繳械投降，連象徵性的抵抗都沒有。

袁譚帶著親隨向一側突圍，他看到自己和王修被飛羽軍的士兵隔開，心下一橫，也不再理會王修了，只顧著帶著百餘名親隨騎兵猛烈地向外殺。

陳到從高坡上俯衝下來，大喝一聲「閃開」後，前面的飛羽軍士兵便迅速地讓出一條道，他單騎從那條道中衝殺過去，衝著向外突圍的袁譚大喊道：「哪裡走？」

袁譚和飛羽軍的士兵進行打鬥，連續攻了好幾招，連一個敵軍都沒砍死，不由得謾罵起來。

他的罵聲剛落，便聽到陳到從正面衝了過來，暗道：「**擒賊先擒王**，只要先斬殺了敵軍主將，敵軍就會自潰而退……」

「誰要逃了，來吧，我可不怕你。」袁譚藝高人膽大，仗著自己的武力過人，「駕」的一聲大喝，策馬朝陳到跑了過去。

兩馬相交，袁譚首先出招，手中握著的長劍刺向陳到的肋下。「噹」一聲脆響，陳到用右手握著的鴛刀格擋下袁譚的攻勢，他雙腿夾著馬肚，左手握著的鴦刀迅速朝袁譚的脖頸揮砍了出去。

鋒利的鴦刀在太陽光的折射下發出一道光芒，刺得袁譚的眼睛都睜不開，這道光芒轉瞬即逝，鴦刀從袁譚的脖頸上劃過，一顆人頭便脫離了身體，鮮血向噴泉一樣從脖頸的動脈上噴出，濺出兩米多高。

袁譚的人頭還在空中飛舞，陳到急忙用右手握著的鴛刀刺了出去，直接刺中袁譚頭顱的面門，刀尖插著袁譚的人頭，隨著他的馬匹奔跑。

陳到急忙勒住馬匹，掃視了一眼混亂的戰場，將右手握著的鴛刀高高舉起，亮出被刀尖插著的袁譚頭顱，朗聲喊道：「袁譚已死，汝等還不放下兵器投降，更待何時？」

聲音如同滾雷般震動著每個在場的趙軍士兵，他們看到袁譚被陳到梟首，都沒了戰心，一個接一個的繳械投降。

「放開我！」王修被廖化牢牢地抓住身體，掙脫不開，不由得大聲喊了出來。

陳到看了一眼王修，問道：「你是何人？」

「他就是袁譚的軍師，青州別駕王修！」廖化將王修推到陳到的前面，朗聲說道。

陳到望了王修一眼，問道：「你可願意投降？」

王修道：「寧死不降！」

陳到冷笑一聲，對廖化道：「此人是個義士，廖將軍，你把他放了吧。」

廖化好奇地道：「放了他？」

陳到點點頭，解釋道：「袁譚已經失去了青州，冀州也即將被一分為二，袁氏大勢已去，他一個青州別駕掀不起多少風浪，讓他好自為之吧。」

廖化鬆開抓著王修的手，衝王修喊道：「你走吧，以後別讓我再遇見你。」

王修不但沒走，反而撲通一聲跪在地上，哭喪著臉道：「我王修無能，不能力挽狂瀾，致使青州丟失，我對不起你啊主公……」

「哦……」陳到打斷王修的話，道：「我忘記告訴你了，王別駕，現在你的主公是袁熙，不是袁紹了，袁紹和他的小兒子袁尚一起過世了。現在我又殺了袁譚，袁氏一門就剩下袁熙一個人了，還被圍在鄴城裡，你就算死了，也是白死，沒有人會看見你是為了袁氏而死，我只會對外宣布你叛變投敵，被袁譚發現後所殺……」

「你……你好歹毒啊……」王修指著陳到，氣得話都說不好了。

「哈哈哈！歹毒嗎？你們這些所謂的名士，整天就只知道怎麼提高自己的名聲，只想著要怎樣青史留名。今天你要是死了的話，你就會遺臭萬年。我家主公現在正在用人之際，缺的就是你這樣的文士，你要是投降我家主公，非但能夠保住性命，說不定還能名垂千古。」陳到笑道。

王修想了想，嘆了口氣道：「罷了，罷了，我願投降……」

陳到翻身下馬，一把抓住王修的手，笑道：「太好了，王別駕，我正好有一事讓你去做，就當作是投降給我家主公的一份大禮吧。」

王修道：「將軍無需再言，王修知道該怎麼做，不就是後面的四千步兵嘛，給我一匹馬，我只要憑一張嘴，便可以將其遊說過來。」

「很好，廖將軍，給王別駕準備一匹戰馬，送他出去。」陳到一臉笑意地道。

廖化牽來一匹戰馬，將韁繩遞給王修，同時說道：「這是上等的戰馬，塞外的鮮卑人飼養的，很有耐力，夠你跑一個來回的。」

王修接過韁繩，道：「將軍，難道你不怕我一去不返，或是帶著那四千殘軍來給袁譚報仇嗎？」

陳到呵呵笑道：「這是表明心跡的最好時機，就算你帶兵來攻我，我的部下無不以一當百，對付你那點步兵簡直不在話下，他們的生死在你的手中掌握著。」

王修冷笑一聲道：「**將軍雖然不殺我，卻等於將我殺了好幾次了**，將軍說的每一句話，都能夠讓我走上絕路，我王修佩服。日落之前，我一定帶著那四千殘軍來投降，若是耽誤了片刻，就請斬我人頭。將軍，就此告辭！」

話音一落，王修騎上馬背，在廖化的護送下便出了包圍圈，單騎向來時的路奔馳了出去。

「陳將軍，王修會真的把兵帶來投降嗎？」高林看著王修遠去的背影，問道。

陳到笑道：「他是個聰明人，**聰明人有聰明人的活法**，何況臨行前主公曾有交代，多招攬青州來的將士、名士，以後還要靠他們打回青州。收兵回營！」

傍晚時分，王修果然帶著四千殘軍來找陳到，並且成功的勸降了這四千人。

陳到見袁譚之事已經結束，便決定帶兵回鄴城外的燕軍大營，準備參加對鄴城的總攻。

鄴城內外一片汪洋，沮授站在城樓上，眺望著傾瀉而下的洪水，做夢都沒有想到會有這麼多的水，城門的縫隙還是太小，宣洩不出的洪水瞬間便在城牆根上漲了起來，水位也越升越高。

他凝視著城外一道道連接在一起的土牆，再看了一眼洪水，他這才明白過來，不由得重重地嘆了一口氣：「原來如此，**高飛的智謀真是遠勝過我數倍**，原來從開始圍城的時候，他便已經算計好了要用漳河之水來灌鄴城……」

韓猛站在沮授的身後，聽到沮授這番話，問道：「軍師，你剛才說什麼？」

沮授抬起右手，指著外面的土牆緩緩地道：「韓將軍，你看外面的那些深溝高壘，其實都是高飛事先算計好了，**他的目的不是圍城，而是要水淹鄴城**，你看看這四周，原本斷斷續續的土牆被連成了一體，那些深溝在洪水到來的時候充當起了蓄水池的作用，可以減少地面上的積水，我真的很佩服高飛，竟然是如此的深謀遠慮……」

韓猛聽沮授這麼一解釋，看了眼城外的土牆，見那些土牆又高又厚，和護城河形成了平行線，也是圍繞著鄴城一周，傾瀉而下的洪水雖然迅速漫過了護城河，卻被這道土牆給阻隔住了，水流不出去，只能向鄴城裡流淌，以至於水位不斷升高，城門那裡流淌的水也越來越多。

「軍師，高飛真的有那麼神嗎？」韓猛不信地道。

沮授道：「韓將軍，你現在可是整個趙軍的主心骨了，文醜投降，顏良陣亡，唯一能夠依靠的就只有你了，請你做好準備吧，也許明天天一亮，高飛就會傾盡全力攻打城池了，鄴城能否渡過這次危機，就很難說了。」

韓猛道：「**看來，我和張郃的決戰也應該展開了……**」

第八章

水淹鄴城

西門外的晉軍營寨都是一片澤國，地上的積水都已經漫過了膝蓋，儲存糧草的地方也都被洪水浸泡，雖然外面有土牆阻擋住了護城河裡溢出來的洪水，但是從其他地方流過來的水還是將晉軍大營淹得一塌糊塗。

鄴城外的燕軍大營毫無損傷，由於高飛提前讓人用土牆圍著護城河一周，並且將營寨所在的地方進行了加高，即使有滲出來的水，也對營寨起不到一絲的影響。

相比之下，西門外的晉軍營寨就沒有那麼理想了，整個大營裡都是一片澤國，地上的積水已經漫過了膝蓋，儲存糧草的地方也都被洪水浸泡，雖然外面有土牆阻擋住護城河裡溢出來的洪水，但是從其他地方流過來的水還是將晉軍大營淹得一塌糊塗。

呂布騎著赤兔馬，帶著陳宮、文醜二人出了大營，讓高順、張遼負責守衛營寨，他們則向高飛所在的北門奔馳而去。

已經是傍晚了，晚霞將整個鄴城襯托得一片血紅，從遠處乍看，讓人覺得那不是洪水在包圍著鄴城，而是血液彙聚的海洋。

鄴城北門外的燕軍大營裡，高飛登上了望樓，身後站著賈詡、荀攸等人。

鄴城的北門受損最為嚴重，所以洪水一來，就立刻沿著北門的門洞沖進了城裡，直接撞上甕城的城門，水一點一點的從甕城的城門下方向鄴城裡流淌。

海東青飛了過來，拍打著牠的翅膀，在空中盤旋了一陣後，發出幾聲銳利的叫聲，再次往高處飛去。

作為海東青的主人，李玉林很清楚海東青的意思，向前跨道：「主公，正如事先所料，鄴城已經變成一片澤國，城裡都是水，水位還在不斷升高，就快要漫過人的腰部了。」

高飛聽後，臉上露出一絲詭異的笑容，道：「是時候了，等了兩天，終於可以行動了。白宇、李玉林，這次就看你們的了，能否徹底瓦解鄴城裡的人對袁氏的期望，就在此一舉，今晚先騷擾，過完一夜後，洪水會逐漸退去，我們就可以展開總攻了。」

不多時，站在望樓上的眾人便看見白宇、李玉林兩人分別騎著快馬，朝兩個不同的方向跑了去，白宇策馬奔到護城河邊的土牆上，李玉林則向燕軍營寨後面的樹林跑去。

白宇盤坐在土牆上，從腰裡掏出一支橫笛，開始吹奏起來。橫笛一響，奇怪的音符便從橫笛中向四周擴散而去。

不一會，只見四面八方的水面上浮現出一條條扭動著身軀的蛇，蛇群受到白宇的召喚，很快便攀越過土牆，進入護城河，沿著護城河裡的水向鄴城裡游去。

另一方面，李玉林抵達樹林，吹起響亮的口哨，用嫻熟的口技操控著停在樹林裡的禿鷲、蒼鷹，這些猛禽受到李玉林的操控，便從林中陸續起飛，向天空翱翔而去，不同的是，他們的爪子上都抓著一包極小的東西。

猛禽們從空中飛向鄴城，早已等在鄴城上空的海東青見到這群猛禽飛來，顯得很興奮，直接加入這群猛禽的行列，飛行最前面，像領頭的大雁一樣。

成群結對的猛禽很快便飛越過鄴城的城牆，看到駐守在鄴城城牆上的趙軍士兵時，便開始不斷地向鄴城裡投放爪子裡抓著的那包東西。

小包一經投放下去，包得不是很緊的小包便散開了，從裡面散落下來白色粉狀的物體，一時間弄得天空中煙霧瀰漫。

鄴城的城牆上，趙軍望著這從未見過的奇觀，禿鷲居然和蒼鷹在一起飛翔，更讓人驚奇的是，這群猛禽像訓練有素的士兵一樣，從空中拋灑下那些白色的粉狀物體後，便從兩邊折道返回。

「好奇怪啊，這些大鳥怎麼灑麵粉啊？」趙軍士兵都是一頭霧水，許多人費解的道。

當那些白色的粉狀物體落下來時，他們吸入到鼻腔裡，灑在眼睛裡，立刻感到十分的難受，眼睛有一種灼燒感，呼吸也變得極為困難，一個接一個的捂著雙眼，痛苦的大叫著。

「我的眼睛……我的眼睛……好疼……」

叫喊聲此起彼伏，這邊還沒有消停，那邊城門下面的士兵便又大叫了起來：

「蛇……有蛇……好多蛇……啊……」

成百上千條帶著毒牙的蛇順著水流從城門下的縫隙裡湧入城中，一遇到人便張開血盆大口咬了過去，有體型較大的蛇，直接緊緊纏著士兵的身軀，然後再張開毒牙一口咬了下去。

趙軍一個接一個的倒下去，可是那些毒蛇卻毫不留情的向城中湧去，繼續用毒牙去咬死更多的士兵。

鄴城裡守衛北門的士兵頓時陷入極大的恐慌，情勢也極度的混亂。

蔣濟、辛評在城樓裡，聽到外面一片喊叫聲，便走了出來，看到城牆上的士兵一個個捂著眼睛，而城下的士兵則倒在水裡，臉上一陣青色，一條條浮游的毒蛇正在禍害更多的士兵，頓時傻眼。

「哪裡來的那麼多毒蛇……」辛評話說到一半，突然看見正前方有一條毒蛇張開血盆大口向他撲來，他毫不猶豫地拔出佩劍，身體閃了一下，揮劍斬斷了那條毒蛇。

毒蛇接二連三地爬上城樓，越聚越多，朝辛評、蔣濟撲了過來。

蔣濟也是拔劍力斬毒蛇，無奈他和辛評終究還是抵擋不住龐大的蛇群，連續斬殺五六條毒蛇後，一個不留心便被毒蛇咬到了，接著，更多的毒蛇爬了過來，將二人纏繞著，密密麻麻的令人一看便起雞皮疙瘩。

蔣濟、辛評痛苦的叫著，倒在地上不住翻滾著身體，可惜卻無濟於事，還有的蛇見洞就鑽，從他們的鼻腔、口腔、耳朵裡鑽，不一會兒便將這兩人折磨致死。

北門內的甕城裡空前的混亂，一些士兵拔腿就跑，再也不管什麼城門了。

燕軍大營裡的望樓上，許攸看到那些猛禽撒下去的白色粉末，便問道：「主公，那白色的粉末是什麼東西？」

「石灰粉！」高飛答道。

許攸心裡想道：「高飛真夠陰險的，居然用毒蛇猛禽來攻城，這招可真是見所未見，聞所未聞。他用兵說不上老道，可是卻總是能夠出其不意的想出一些怪招……」

「主公，我看差不多了吧，再這樣肆意殺戮下去，萬一那些毒蛇不受控制，很可能會攻擊城中百姓，到時候怕是得不償失。」荀諶勸道。

高飛道：「你放心，白宇是我在東夷發掘的人才，操控蛇群是他的得意技藝，不會出現什麼問題的。**我就是要趙軍知道，我高飛不是一個普通的人，天下萬物皆可被我操控，與我為敵的人，只有死路一條！**」

話音落下，高飛目光瞥了一眼身旁的許攸，那後半句話似乎是說給許攸聽的。

許攸感受到高飛的炙熱的目光，自從他從曹操那裡回來之後，便一直在軍營裡歇著，高飛既不指派任務給他，也不召見他，讓他感到很苦惱。

他聽了高飛那後半句話，不禁冒出了冷汗，心中暗暗想道：「主公這話似乎是說給我聽的，難道他知道我想背叛他的事了？不可能的，這是我個人心中的想法，別人怎麼會知道？難道主公能夠看透我的心思？主公實在太可怕了，我……我如果叛逃到曹操那裡，恐怕會死得比蔣濟和辛評還慘……」

荀攸拱手道：「主公，屬下以為，也應該適可而止了，反正是為了給敵軍一個教訓，不是還要到其他城門去嗎，只讓城內守軍知道厲害便可以了，沒必要全部屠殺，而且我相信，今夜過後，必然會有大批士兵逃離鄴城，前來投靠主公。」

高飛聽荀攸也在勸他，便道：「那好吧，給白宇、李玉林發信號，讓他們兩個去南門、東門，西門就免了，晉軍讓他們自己去攻打去。」

「諾！」

話音一落，高飛遙遙望見呂布策馬而來，背後陳宮、文醜緊緊相隨，便笑道：「看來呂布是坐不住，來找我商量如何攻打鄴城的事了，都跟我下去迎接呂布！」

賈詡六人齊聲答道：「諾！」

呂布騎著赤兔馬，蹚了一路水才來到高飛的營寨，老遠便看到高飛的營寨地勢高出了地面大約一丈，沒好氣地道：「這個混蛋，竟然無恥到這種地步，自己把營寨的地勢加高，卻不告訴我。」

陳宮緊隨在呂布的背後，道：「主公，高飛此人最為陰險狡詐，以後必然會成為我軍爭霸中原的大敵，屬下以為，不如就偷襲高飛背後，憑藉著我軍的數萬騎兵，絕對能夠給予高飛一個致命的打擊。」

文醜道：「這恐怕不妥吧，高飛和我軍還在結盟中，鄴城還未攻下便背信棄義，恐怕會遭到天下人的恥笑，屬下以為，不如先攻取鄴城，待占領半個冀州後，休養一段時間，招兵買馬以後再靜觀其變。」

「你懂什麼？為了主公的大業，此時若不趁勢偷襲高飛，以後再想給予他重創就難了。高飛兵馬雖多，可其中一半都是趙軍降兵，你原來是趙軍大將，只要我們打敗了高飛的主力，那些降兵你一開口必然會立刻投降過來，如果遷延時日的話，只怕以後會受到高飛的反戈一擊，到時候後悔都來不及。」陳宮看著文醜，劈頭蓋臉地罵了一通。

文醜已經今非昔比了，畢竟他的身分是降將，而且陳宮的官職又在他之上，加上呂布對陳宮十分的信任，他便不再吭聲，生怕會惹怒了呂布。

呂布見文醜默不作聲，便扭頭對陳宮道：「嗯，軍師所言甚是，但是文醜的話也不無道理，你們不要爭吵了，我自有定奪，一切都聽我號令即可。」

陳宮見呂布沒說答應，也沒說不答應，心中便大致了然，輕嘆了口氣，暗道：「如果你事事都聽我的，坐山觀虎鬥，我軍就不會有損失，只坐等高飛將城池送上即可，一接到城池，便可反戈一擊，一戰擒獲高飛，將其斬殺。可惜啊……**袁氏被翦除後，河北便會出現雙雄並立的局面，主公和高飛之間必然會有一場惡戰，我必須提前為主公謀劃好一切，不殺掉高飛，必將成為我軍後患。**」

「主公，高飛帶著文武到寨門了！」文醜指著前方對呂布說道。

不多時，呂布、陳宮、文醜三人奔馳到燕軍營寨，下了馬，見高飛帶著眾多文武出來相迎，呂布拱手道：「兩天不見，燕侯別來無恙？」

高飛呵呵笑道：「一切安好，晉侯請裡面進！」

一陣寒暄後，高飛看了一眼站在呂布身後的文醜，嘖嘖嘆道：「這不是趙軍第一大將文醜嗎？真是好久不見啊。」

文醜面無表情，禮貌地道：「在下已經歸順晉侯帳下，不再是趙軍的人了，晉軍虎翼將軍文醜拜見燕侯。」

高飛聽到文醜的名號，笑道：「虎翼將軍……晉侯得到文醜，可真是如虎添翼啊，這虎翼將軍很是貼切！」

呂布笑道：「燕侯過獎了。」

一行人邊說邊走，進入大帳，分賓主坐定。

高飛道：「晉侯可有什麼要事嗎？」

呂布點點頭道：「我就開門見山的說了，我此次來，是為了和燕侯商量如何攻打鄴城的事。」

「哦，攻打鄴城的事不是早已定好了嗎，晉侯攻打西門，我軍攻打其他三門……」

「呵呵，現在要改一下，我軍援兵到來，帶來不少攻城器械，兵力上也增加了不少，鄴城攻下來後，就歸我軍所有，可讓燕侯損兵折將的攻打，我心裡有點過意不去，所以，我想請燕侯只攻打北門，其餘三門全部交給我軍來攻打，破城之後，按照當初我和燕侯的約定，城中糧草、金銀財寶都對半分，作為酬謝燕侯的禮物。燕侯，你覺得這樣可以嗎？」

高飛見陳宮滿臉陰鬱，暗想道：「恐怕這是陳宮的計策，一旦他們攻入鄴城後，就會占領糧倉和府庫，到時候分多分少，還不是他們說了算？」

「呵呵呵，既然如此，那我就恭敬不如從命了，只是分一半是不是太少了點？我燕軍一路南下，這一個月來沒少折騰，士兵疲憊不堪，糧草運輸困難，加上戰死了許多人，為了撫恤這些陣亡的將士的家屬，就是一筆不小的開支。何況，鄴城攻下來後，我非但不會占領，還拱手讓給晉侯，除此之外，我又將一半冀州送給了晉侯，再怎麼說，這都是賠本的買賣，晉侯這樣做，不覺得太小氣了點嗎？」高飛針鋒相對地道。

呂布一時詞窮，看了看陳宮，說不出話來。

陳宮急忙站起來，道：「燕侯，如果不是我軍出兵的話，只怕燕侯僅憑一己之力很難攻下鄴城吧？就算燕侯能夠攻下鄴城，如果我家主公不應邀出兵，轉而偷襲燕侯空虛的幽州，那損失只怕比冀州這邊還要大吧？用一半冀州換取燕侯的整個幽州，我家主公這已經是夠大量的了，燕侯怎麼能說是小氣呢？」

賈詡突然挺身而出，冷笑道：「只怕未必吧？我軍在離開幽州前就早有防範，在代郡、上谷、涿郡一帶秘密布置了十萬烏桓突騎，這可是你們不知道的，如果你們貿然進攻，只怕會全軍覆沒。我家主公覺得和晉侯是兄弟，手足情深，不願看到兩家大起刀兵，所以才極力邀請晉侯攻打冀州，並且如此大度的分一半給晉侯，兄弟情深，利益均霑，可是親兄弟還明算帳呢，這一個月來，我軍在攻打冀州時耗費了不少的人力、物力和財力，為了打這一仗，已經提前徵調了幽州三年的賦稅，如果我們不能從鄴城中得到相應的回報，那我們這一仗不是白打了嗎？」

陳宮道：「所以我家主公才體諒你們的難處，讓你們只攻打北門即可，而且還分出一半糧草、財寶給你們，這能叫白打嗎？」

賈詡道：「就算整個鄴城的糧草、金銀財寶加一起，也無法換回我軍陣亡的數萬將士，何況鄴城中的糧草、金銀財寶根本沒有多少，就算全部給我軍了，也無法彌補我軍在財政上的缺口，以後的兩年時間，只怕我軍還要過上相當長的一段窮日子，食不果腹的滋味不是好受的。」

陳宮道：「事已至此，你們願意攻打鄴城，就只能攻打北門，你們若是不願意的話，就請撤離此地，由我軍一手接管，等到鄴城攻下之後，我軍自然會分一半糧草、金銀財寶給你們勞軍……」

「公台！」呂布聽得頭都大了，喝道：「坐！這件事由我定奪。」

陳宮吃了一驚，急忙道：「主公，你可千萬……」

「坐！」呂布一雙充滿凶光的眸子盯在陳宮的身上，射出道道森寒。陳宮被呂布逼人的氣勢給壓了下去，一屁股坐了下去，不再說話，心裡卻暗暗想道：「主公啊，你到底是怎麼了，怎麼連我的話也不聽了？」

呂布朝高飛拱手道：「燕侯，就這樣定了，我軍只攻打西門，其餘三門交給貴軍去攻打，攻下鄴城之後，城中的所有糧草、錢財全部歸燕軍，你只需將鄴城交給我就可以了。」

高飛道：「晉侯快人快語，我也不再說什麼了，那就這樣定了，明日午時從四門一起開始攻城。」

呂布道：「嗯，陳宮，文醜，我們走，回營安排攻城事宜。」

陳宮、文醜跟在呂布身後，拜別高飛，離開了燕軍大營。

「主公，為什麼要答應高飛這個貪婪的要求？」陳宮不解地道。

呂布道：「我要的是鄴城，而**真正的財富是看不見的**，看得見的糧草和府庫裡的金銀財寶，這些東西都給高飛算了。」

「看不見的？」陳宮狐疑道。

文醜解釋道：「軍師，這件事很少有人知道，袁紹在修建趙王府的時候，在王府的地底下埋藏著大量的金銀珠寶，是現有鄴城府庫中財富的十倍還多，除了袁紹、顏良、審配和我以外，別人都無從知道。袁紹、顏良、審配都已經死了，這筆財富也就只有我一個人知道了。」

陳宮瞥了文醜一眼，道：「你將袁熙拱上大位，目的是不是趙王府地底下埋藏的寶藏？」

文醜笑而不答，卻對呂布道：「主公，這是我文醜對主公的一片忠心！」

呂布道：「呵呵，回營，明日開始攻城，務必要儘快得到那筆寶藏，好招兵買馬，問鼎中原。」

白宇、李玉林用同樣的方法驅使毒蛇、猛禽，擊退駐守在南門、東門的趙軍士兵，南門的張郃、東門的太史慈、北門的黃忠都在高飛的授意下積極準備明日的攻城。

高飛讓人將投石車均勻地分布在三個城門外，並且將幾天前便做好的木筏、竹排、獨木舟之類的東西運送到了三個城門，又大宴了全體將士以鼓舞士氣，讓士兵們都充滿了幹勁。

後半夜，陳到帶領著文聘、廖化、高林、盧橫，以及降將王修和數千降兵趕了回來，吃飽喝足之後，便開始休息，期待明日的一場滅國之戰。

夜深人靜時，高飛獨自一人坐在大帳裡，映著昏暗的燈火，托著下巴苦思冥想該如何進展驅狼吞虎的後半段策略。

「主公，郭參軍在外求見！」親兵拱手道。

「郭嘉？他怎麼來了，讓他進來！」

「屬下參見主公！」不多時，郭嘉便走了進來。

高飛指了指身邊的一張草席，對郭嘉道：「奉孝，坐到我身邊來。」

郭嘉毫無拘束地坐了下來，道：「主公還不休息嗎？」

「你不是也沒休息嗎？我要是休息了，誰還來接見你呢？你深夜從南門那裡過來，是不是張郃有什麼事？」

「張將軍一切平安無事，是屬下有事。」

「哦……說來聽聽。」

郭嘉看高飛愁容滿面，便道：「主公是不是在為驅狼吞虎的下一步策略而煩惱？」

高飛點點頭，道：「嗯，你是不是有什麼好辦法？」

郭嘉道：「呂布小兒，匹夫之勇，但是身邊有個陳宮，而且似乎對陳宮的話言聽計從，如果主公要鼓動呂布去攻打司隸的話，就必須有一個好說辭，能夠讓陳宮信以為真。不過以屬下看來，陳宮這個人心機頗重，對人的疑心也很重，不容易上當受騙。唯一的辦法，就是從呂布帳下的諸位將軍下手，呂布對高順、張遼很是器重，還有他的妻舅魏續，以及新近投靠的文醜，這四個人如果一起向呂布進言的話，呂布肯定會去占領司隸。」

「那你說該如何說服這四個人呢？高順、張遼、文醜都不是省油的燈啊。」

郭嘉道：「屬下願意去逐一說服這四個人，屬下很少在人前走動，是以晉軍很少有人認識我，加上我能模仿各地口音，混入晉軍之中不是難事。」

「可有危險？」高飛擔心道。

「**三分驚，七分險，但是屬下自有化解之道**，明天就開始對鄴城發動總攻了，也是晉軍最沒有防備的時候，屬下便可以趁這個時候混進晉軍裡，然後在攻下鄴城之後，逐一接觸這四個人，讓他們勸說呂布南下攻打司隸。只要呂布帶兵一渡過黃河，主公便可以抄其後路，調兵遣將把守黃河的各個渡口，不讓他北渡。另外，主公還必須連絡一下鮮卑人，鼓動鮮卑人南下攻打並州……」

郭嘉頓了頓，繼續道：「一旦鮮卑人南下攻打並州，留守並州的張揚勢必會向呂布求援，我軍已經封鎖住黃河各個渡口，消息傳遞不通，呂布也無從知道。

主公便可在此時帶領一支勁旅入並州，名義上幫助張揚擊退鮮卑人，暗中卻襲殺張揚，然後再許以鮮卑人好處，讓其退兵，派兵駐守並州，便可輕而易舉的將並州奪取下來了，如此一來，整個黃河以北就歸主公所有了。」

高飛哈哈笑道：「你這一步棋走得可真是妙啊。不過，你確定你隻身入晉軍大營不會有任何危險嗎？」

郭嘉道：「主公放心，屬下自有脫身之策，**這將是我在主公帳下所立的第一功，以後天下人就會記住我郭嘉的名字了。**」

「這小子，還是那股衝勁，初生牛犢不怕虎，為了出名不要命。」高飛心中暗道。

高飛看著眼前的郭嘉已經長成一個體格健壯的帥小夥，不再是當初那個羸弱的少年了，歡喜地拍了拍郭嘉的肩膀，笑道：「後生可畏啊。奉孝，好好幹，以後你將會在史書上留下重要的一筆，也將會成為我的開國功臣！」

「多謝主公讚賞。」

高飛和郭嘉又在大帳中聊了一些話，隨後分開，然後倒頭便睡，一覺睡到天亮。

第二天清晨，高飛出了營帳，看到營地外面的積水已經消退，鄴城裡的水也退得差不多了，抬頭看了看烈日，便下達了準備攻城戰的命令。

鄴城裡的積水還沒有消退，所有的房屋都在積水中浸泡著，百姓苦不堪言，士兵怨聲載道，袁氏曾經的恩信在他們的心裡已經煙消雲散。

就在昨夜，一些百姓和士兵紛紛從無人把守的四個城門偷跑了出去，游過護城河，或者乾脆放下吊橋，出城投降到燕軍大營裡。

南門的甕城上，韓猛看著自已部下疲憊不堪的模樣，加上蔣義渠、張南、呂曠、呂翔、馬延等將領的抱怨和心生降意，他的心裡也動搖了起來。

一大早，剛剛接掌全城兵馬的韓猛便將張南、蔣義渠、呂曠、呂翔、馬延等人聚集在一起。

「今天叫你們來，沒別的意思，經過大水一淹，鄴城陷入空前的危機當中，聽說有幾千名士兵和一萬多百姓從北門出城投降燕軍了，我想問問你們，你們覺得我們還能否守得住此城？」韓猛開口道。

張南答道：「士兵們都已經沒有了戰心，只要敵軍一攻城，我軍就會立刻潰敗，破城是遲早的事。我看，咱們不如早點投降算了。」

「**就算要投降的話，也要考慮清楚向誰投降**，是投降燕軍，還是投降晉軍！」蔣義渠道。

呂曠、呂翔、馬延一致道：「韓將軍，我們都聽你的。」

韓猛道：「你們覺得我們應該投降哪一方？」

「文醜投降了呂布，不如我們也一起投降呂布吧？」蔣義渠道。

張南道：「不，我們應該投降高飛，聽說幽州在高飛的治理下欣欣向榮，而且在燕軍裡當兵，軍餉什麼的都很不錯，我覺得應該投降給高飛比較好點，至少吃喝不愁。」

韓猛道：「一旦鄴城被攻破，袁氏基業便會毀於一旦，河北也會出現雙雄並立的局面，東邊是高飛，西邊是呂布，兩邊現在看起來很好，但是為了爭奪河北早晚都會發生爭鬥。我們要做好選擇，否則選錯了，就會遺憾終生。」

眾人沉默不語，良久之後，才道：「韓將軍向來眼光獨到，不知道將軍心目中可有什麼人選？」

韓猛道：「晉侯呂布，驍勇善戰，堪稱天下無雙，其部下也都可謂是虎狼之師；燕侯高飛，智勇雙全，在治理地方和用兵上很有獨到之處，我軍曾經多次吃虧，**在我心裡，呂布不過是一介武夫，而高飛才是真正的雄主**。在和燕軍作戰的這些日子裡，讓我徹頭徹尾地認識到了燕軍的實力，**燕軍並不是一個人在戰鬥，**

而是一群人，燕侯帳下人才濟濟，假以時日必然會成為天下的霸主。」

張南、蔣義渠、呂曠、呂翔、馬延等人聽韓猛說得如此透澈，便都明白了，互相對視一眼之後，齊聲對韓猛道：「我等皆願以將軍馬首是瞻！」

韓猛站了起來，大聲道：「好，咱們要做就乾脆點，與其打開城門投降，不如直接獻城，先將袁熙、沮授兩個人抓起來，再出兵控制全城，攜帶滿城文武一起向高飛投降。」

張南等人都異口同聲地道：「我等甘願聽從將軍調遣！」

韓猛臉上浮現出來了一絲笑容，心中默默地想著：「張郃，**我既然要做你的對手，就要做你永遠的對手……**」

隨後，韓猛進行一番調兵遣將，張南、蔣義渠、呂曠、呂翔、馬延等人各自帶著親隨部下在城中奔走，韓猛則帶兵前往趙侯府，一連串的行動正在緊鑼密鼓的進行中。

離午時還有一刻時間，地上的積水已經退去，黃忠率領大軍在北門外列陣，高飛策馬來到隊伍的最前面巡視。

突然，從鄴城的甕城裡走出一隊文武官員，領頭的是韓猛，手中托著一個盤子，盤子上面放著印綬和文書。

高飛狐疑地道：「敵軍……敵軍主動前來投降了？」

正如高飛所看到的一樣，韓猛率領鄴城文武捧著降表前來投降了。

韓猛率領眾人來到燕軍面前，文武官員排成兩列，尾隨在他的身後。

「敗軍之將韓猛，率領鄴城所有文武官員拜見燕侯！」韓猛撲通一聲跪在積水的地上，手捧降表，朗聲道。

「我等拜見燕侯……」文武官員一起跪在泥濘的地上，也不顧身上的衣服是否高貴，異口同聲地喊道。

高飛看著在他面前跪在地上的一干人等，見他們的臉上十分的誠懇，問道：「你們可是真心獻城？」

韓猛作為發言人，道：「我等久仰燕侯大名，之前與燕侯為敵，實在是出於無奈，如今我們都是十分真誠的前來投效燕侯，希望燕侯能夠寬宏大量，收留我們。」

高飛看著左邊一列是武將，分別是張南、蔣義渠、呂曠、呂翔、馬延、淳于導等人，右邊則是辛毗、逢紀、陳琳、陳震等人，沒有尋見沮授、袁熙的影子，便道：「袁熙和沮授何在？」

韓猛扭臉朝城門口招了招手，喊道：「將人帶出來！」

只見幾個趙軍士兵推搡著袁熙、沮授二人，袁熙、沮授兩人被繩索捆綁得緊緊的，十分不情願地走了出來。

「哈哈，有意思……」高飛笑道：「韓將軍，眾位將軍、大人，都請起來吧，暫且站在這邊，我准你們降了！」

韓猛等人異口同聲地謝過高飛的恩德後，便站在了一邊。

袁熙、沮授很快被推了過來，兩人的嘴被布堵得嚴實，目光中卻充滿了不同的眼神。沮授的眼神是憤怒和無奈，袁熙的眼色則是祈求。

黃忠見趙軍士兵走近高飛，挺刀策馬而出，喝道：「來人止步！」

趙軍士兵不敢近前，將袁熙、沮授向前推了一下。

高飛策馬來到袁熙和沮授面前，揚起手中的馬鞭指著袁熙道：「黃口小兒能耐不淺，殺了你的親生父親和兄弟，卻要來誣陷我？我高飛敢作敢當，可也不願意替你背這黑鍋。我要將你弒父殺弟的事情公布天下，讓你受盡天下人的唾罵……」

「唔唔……」

袁熙的嘴被堵得住，喊都喊不出來，只見他撲通一聲跪在地上，不住地向著高飛磕頭，之前意氣風發的模樣登時化為烏有。

「怎麼？你這是在求我不要殺你，放你一條狗命？」高飛道。

袁熙搖搖頭，唔唔的發出幾聲聲音。

高飛便對一邊的士兵道：「讓他開口說話。」

士兵取下塞在袁熙口中的布，布一拿下來，袁熙便喊道：「燕侯，我袁熙並非貪生怕死之人，而且我也早有降意。不過，我有一件事想求燕侯答應，算是我臨死前的請求。」

「哦，你且說說看……」

高飛打量著面前的袁熙，見這個少年和他想像中的形象大相徑庭，感覺袁熙的身上多了一分神秘感。

袁熙道：「鄴城中有七萬百姓，這些百姓正被泡在水裡，許多百姓的糧食也都被污水泡過，已經不能吃了，如今只有府庫中的存糧可以救濟這些百姓，我想請燕侯得到鄴城後開倉放糧，救救全城百姓。」

「呵呵，你果然和你的老爹不一樣，沒想到你小小年紀，竟然還知道去體恤百姓，我答應你就是了。」

「多謝燕侯！」袁熙叩了一個頭，之後大義凜然地道：「燕侯，罪只在我一個人，我願意替所有人受罪，請燕侯斬掉我的首級，以正軍心吧！」

「唔唔……」沮授用力地搖著頭，卻喊不出話來。

高飛擺擺手，示意士兵將沮授嘴裡的布拿掉。

沮授急道：「燕侯，我家主公是無辜的，所有的錯都在我一個人身上，請你放過我家主公，他和老主公不同，身上雖然流的是袁氏的血，卻有一顆悲天憫人的心，早在三天前，我家主公就有投降之意，是我在從中作梗，你要殺就殺我，而且也是我讓燕侯的兩萬多將士葬身在鉅鹿澤一帶，不殺我不足以平民憤，我沮授甘願一死以謝天下！」

「父親……」沮鵠不知道從什麼地方跑了出來，哭喪著臉，跑到沮授的身邊，撲通一聲便跪在地上。

沮授理都沒有理，無情地道：「我沒有你這個兒子，我的兒子早在半月前就死了。」

沮鵠哭得一把鼻涕一把淚的，不停地朝著沮授叩頭，請求沮授原諒，可是沮授仍是鐵石心腸，連頭都不扭一下。

沮授走到高飛面前，朗聲道：「燕侯，你我相識一場，也算是緣分，**我很想做你的對手**，**可是到頭來卻發現我根本不是你的對手**，你是個雄主，我相信，你一定會結束戰亂不斷的紛爭，建立起一個不一樣的世界。」

高飛看著沮授的遭遇，不禁動了惻隱之心，輕聲道：「其實，你不一定非要死……」

沮授道：「忠臣不事二主，我對不起老主公，因為是我鼓動少主公去殺了老主公，我已經是個罪孽深重，無君無父的人了，還有什麼臉面活在這個世界上？」

高飛動了一下嘴唇，還想說什麼，但是看到沮授那堅毅的面容，**他知道，自己萬萬不能再婦人之仁了，死去的兩萬多將士就是他為沮授付出的代價，這個代價已經夠大了。**

他嘆了口氣，最後問了一句：「你真的不願意為我所用？」

沮授道：「半個月前，我夜觀天象，看見屬於我的那顆星越來越暗，在東北方向的紫微帝星卻越來越亮，同時紫微帝星的周圍圍繞著一群明亮的將星，我聽說你是紫微帝星轉世，你用實力證實了傳言，預祝你以後能夠早點平定天下，**腐朽的大漢王朝已經名存實亡，或許你能夠開創起一個新的時代。**」

話音一落，沮授便向護城河裡跑了去，縱身一跳，濺起一層水花後，再也沒有浮上來。

「父親……」

沮鵠見沮授投河自盡，奮不顧身地也跳了下去，想救出沮授。可是，當他一跳進河裡，隱藏在河裡的毒蛇便游了過來，緊緊地將他纏住，使勁地往水底下拽。沒多久，沮鵠便不再動彈，和他的父親一起沉沒在護城河裡。

袁熙看沮授慷慨就義，沮鵠也隨後赴死，嘆了口氣，望著高飛道：「燕侯，請處斬我吧！」

高飛擺擺手，對士兵喊道：「鬆綁！」

袁熙驚道：「燕侯，你……你不殺我？」

「沮授用死救了你，我就不會再殺你。既然他說你和你的父親兄弟都不一樣，那我倒要看看，你到底有哪點不一樣？袁熙，我問你，**你可願意投降我，替我賣命，從此以後誠心歸附？**」

「主公！萬萬不可啊！」賈詡急忙勸阻道。

高飛道：「有何不可？」

「袁熙身為袁氏血脈，他若不死，袁氏舊部就會心存一絲殘念，留下袁熙，只能說是養虎為患，請主公三思！」賈詡道。

「哈哈哈！這或許就叫上天註定吧，燕侯，既然你答應了我的請求，就請不要食言，我袁熙就算死，也可以瞑目了。為了燕侯以後的大業，為了那些投降的將士，我袁熙捨棄一條命換取全城七萬百姓的性命又有何不可？軍師，我來找你了！父親、三弟，我來給你們賠罪了！」

很快，袁熙也跳進護城河裡，立刻有許多條蛇將他纏住，之後便沒入了水底，在沒入水面的那一剎那，他的臉上掛著一抹笑容。

高飛嘆了口氣，道：「一日之內死了三個義士，袁紹帳下能人不少，只可惜袁紹無能，不能駕馭。軍師，命人打撈袁熙、沮授、沮鵠的屍體，將三人分別葬在鄴城附近。」

「諾！」賈詡拱手道。

高飛指著一旁的韓猛道：「韓將軍，請帶我入城，我要接管鄴城！」

韓猛點了點頭，帶著身後的文武官員，一起向城中走去。

黃忠領著一千騎兵跟隨在韓猛的身後，高飛帶領一千騎兵走在中間，後面的大軍則全部交給了趙雲帶領，並且派人去通知南門、東門的張郃和太史慈二人，讓他們不要攻城。

進入鄴城之後，一切正常，韓猛等人確實是真心投降，這才讓高飛的心稍稍安定了不少。

高飛率領大軍入城，在韓猛的帶領下，很快便來到華麗的趙侯府。他看到這座府邸差點就成為了趙王府，不禁對袁紹又是一番的感嘆。

黃忠、趙雲、陳到等人各自率領兵馬，很快便接管了東、南、北三座城門，並且放下吊橋，將南門外的張郃、東門外太史慈的兵馬一起放進了城裡，盧橫、高林、廖化、文聘四個人則去接管鄴城的西門。

淳于導撤去了守城的士兵，將原有的趙軍士兵帶到校場，把城門留給盧橫四人。

盧橫帶著士兵登上城樓，撤換掉掛在旗桿上的大纛，一個黑底金字的「燕」字迎風招展，燕軍士兵則都井然有序地列隊在城樓上。

西門外不遠處的晉軍大營裡，呂布剛點齊兵馬，正準備出發時，卻忽然看見鄴城的城門上掛上了燕軍的大旗，不解地道：「這是怎麼回事？不是說好午時才發動攻擊的嗎？」

「報——」

斥候拉長了聲音，策馬揚鞭的跑了過來，見到呂布後拱手道：「啟稟主公，趙軍大將韓猛率領城中文武投降了燕侯，袁熙、沮授跳河自盡。」

「什麼？」呂布暴跳如雷地道：「韓猛小兒怎敢如此，竟然破壞了我的計畫……燕軍現在何處？」

斥候道：「所有燕軍有一半湧入了鄴城，並且接管了四個城門的防務。」

「混帳東西，高飛怎麼敢這樣對我？」呂布大怒道。

陳宮這時湊到呂布的身前，急忙道：「主公，事到如今，我們也只能去興師問罪了，鄴城是我們的，高飛不應該進。」

呂布叫道：「文醜、高順、張遼、魏續！」

文醜、高順、張遼、魏續四將齊聲道：「屬下在！」

「點齊所有兵馬，隨我出營！」

呂布將方天畫戟向前一揮，立刻策馬而出，也不等其他人回答，便一溜煙的奔出了營寨。

第九章

鴻門宴

「宴無好宴，這宴主公千萬不能去赴。」賈詡這個時候走了進來，聽到了廖化和高飛的對話，便插話道。

「不，這場酒宴，我還非去不可！」高飛斬釘截鐵地道。

「主公，這是鴻門宴，千萬去不得！」廖化急忙道。

鄴城西門的城牆上，盧橫帶著士兵嚴密地監視著晉軍的一舉一動，見呂布騎著赤兔馬一個人奔了過來，立即朝城樓下面喊道：「呂布果然來了，都做好準備！」

在城樓下面待著的文聘、廖化、高林三人點了點頭，留下騎兵堵門，帶著弓箭手便上了城樓，立刻將西門的防守力量增強到最大。除此之外，尚有一些士兵推動著車弩上了城牆，架在城牆上，嚴陣以待。

呂布的馬快，一會兒的時間便奔馳到西門城下，見吊橋升起，城門緊閉，城樓上站著盧橫、文聘、高林、廖化四將，便氣不打一處出，衝著城牆上大聲喊道：「高飛何在？讓他出來見我！」

盧橫答道：「我家主公身體不適，暫時不能見客，現在正在城中休息。軍師讓我轉告晉侯，說等我家主公身體康復之時，便將鄴城轉交給晉侯，只能暫時先委屈一下晉侯暫住城外了。」

「身體不適？昨天不是還好好的嗎？你少用這些話來搪塞我，快去叫高飛來見我！」

盧橫道：「實不相瞞，我家主公確實是身體不適，昨夜不知道從哪裡來的一條毒蛇，傷到了主公，主公到現在還昏迷不醒呢。」

「放你娘的狗臭屁！剛才韓猛獻城，那穿著盔甲的是誰？你少給我在這裡打哈哈，快去叫高飛來見我，為什麼答應我的話如今又要食言？」

呂布大聲咆哮著，臉上青筋暴起，他要的只是鄴城，最主要的是他擔心鄴城裡袁紹府邸下面埋藏的財寶。

他的身後無數馬蹄聲響起，文醜、高順、張遼、魏續帶領所有的騎兵全部到了呂布身後，一個個騎兵都十分健碩，頗有幾分威武之色。

盧橫對身邊的高林道：「晉軍騎兵甚是雄壯，不知道和我軍比起來誰高誰低？」

高林道：「不用問，一定是我軍的騎兵厲害。」

「呂布帶的都是騎兵，不到萬不得已，不能做出讓步，沒有個兩三天的時間，就無法將城中糧食和財物運送出去。而且百姓若要遷徙，也需要時間。」廖化道。

文聘道：「反正主公交代過了，無論如何都要拖住呂布三天時間。盧將軍，你就繼續編吧。」

盧橫點了點頭，轉身眺望著呂布，朗聲道：「晉侯，我說的都是實話，剛才接受韓猛投降的只是我家主公的替身而已，我家主公昨天確實被毒蛇咬到了，到現在還昏迷不醒，已經被抬入城中休息了。」

「盧橫說的話，你們信嗎？」呂布輕聲地問道。

文醜、高順、魏續都搖搖頭，表示不信。

呂布見張遼一臉的躊躇，便問道：「文遠，你相信？」

張遼搖頭，緩緩地道：「**信與不信並不重要，重要的是高飛為什麼要這樣做**？將我軍堵在城外不讓進城，無非是害怕我軍進城之後不給承諾的糧草了，屬下以為，這或許是高飛故意拖住主公的藉口。」

「著啊，我怎麼沒有想到呢？」魏續嘿嘿笑道。

高順附和道：「不排除這個可能，可是這樣的話，那我軍豈不是要在城外多待幾天？」

「不行的話就攻城吧，反正我軍帶的有攻城器械，再攻打一次鄴城不遲！」魏續道。

「打你個大頭鬼，現在守城的是燕軍，不是趙軍了，燕軍的士氣十分的高昂，我們現在去攻打城池，那不是自討苦吃嗎？」高順道。

「別吵了！」呂布大聲喊道。

高順、魏續立刻安靜了下來，一起盯著城樓。

呂布心裡總是感到很不爽，可他急於得到城中的寶藏，又不能和燕軍開仗，便朗聲喊道：「兩天！我再給你們兩天時間，快讓出鄴城，否則的話，就別怪我軍不客氣了。」

話音一落，呂布調轉馬頭，策馬回營去了，其餘眾將也紛紛跟著退走。

盧橫看到呂布率軍離開，鬆了一口氣，轉身對高林道：「你去將這事告訴主公，這裡就交給我們把守，這兩天我們會嚴密監視呂布的動向。」

「好，我這就去。」

趙侯府中，高飛一一會見了趙軍所有投降的將領，為了穩定趙軍將士的心，便任命辛毗為河間太守，陳震為渤海太守，張南為清河太守，蔣義渠為平原太守，讓韓猛為冀州刺史，坐鎮安平郡的信都城。

忙完這些之後，韓猛等人便退出了大廳。

「好了，現在該說正經事情了。如今袁氏已經瓦解，剩下的就該輪到呂布了，我軍才用了一個半個月便徹底將袁氏勢力瓦解，算是可喜可賀的。不過這驅虎吞狼的計策一定要實行下去，趁著我軍現在士氣高昂，只要暫時休整一段時間，就可以再次投入戰鬥。只是，我現在需要一個人親自去跑一趟鮮卑的單于庭，給鮮卑人一些好處，讓他們在一個月後攻打並州，不知道誰願意去一趟塞外草原？」高飛問道。

張郃挺身而出，抱拳道：「主公，屬下願往。」

「我也願往！」太史慈當仁不讓地站了出來。

「你？」張郃冷笑一聲，便不再說話了。

太史慈斬殺了顏良，現在十分得意，看見張郃一臉不屑的樣子，便道：「我怎麼了，你去得我就去不得嗎？」

張郃道：「草原不是你這種人去的地方，你知道鮮卑的單于庭在哪裡嗎？你知道鮮卑人有多少個部族嗎？你知道哪幾個部族和我軍的關係好，哪幾個和晉軍的關係差嗎？你知道鮮卑人幾時狩獵，又在哪塊草原上嗎？這些你都不知道吧？」

太史慈眨巴眨巴眼睛，被張郃這一連串的問題問得有點傻眼了，腦子裡竟然一片空白，什麼話也說不出來了。

高飛見到太史慈的窘狀，便道：「子義，你確實不適合去草原，依我看，這件事只有張郃能勝任了。儁乂，你可有把握說服幾個鮮卑部族？」

張郃在塞外雲州待過好長一段時間，那裡是集貿市場，平時士孫佑負責商貨來往，他負責當地的治安和政令，接觸的鮮卑人也非常的多，這一來二去的，和一些鮮卑人就成了好友，也從他們的口中瞭解了鮮卑這個草原民族的一些情況。

他想了想，在心裡默默地細數了一遍，便對高飛道：「主公，鮮卑有二十八大部族，五十三小部族，以屬下和一些鮮卑人的交情，說服八個大部族和一二十個小部族不成問題。」

高飛道：「應該夠了，鮮卑人生活鬆散，各部族間互有芥蒂，不需要那麼多，你只需要去找一個人就可以了，許以好處，相信以他的號召力，應該可以聚集數萬鮮卑騎兵南下攻打並州的。」

張郃想了想，急忙道：「**主公莫非說的是步度根？**」

高飛笑道：「正是他，三年前在遼東我們和他打了一仗，後來步度根便老實了，經常派遣使者來薊城，而且他還是檀石魁的後代，相信依靠他父親的名望可以招攬幾萬人。」

張郃道：「屬下明白，何時出發？」

「越快越好。」

「那……那屬下今夜便動身，我的部下可以交給徐公明、龐令明掌管。」

高飛笑道：「我自有安排，你快去快回，不耽誤你回來之後帶兵入並州。」

「諾！屬下先行告退！」

賈詡站了出來，拱手道：「主公，臧霸傳來消息了。」

「哦，青州那邊有什麼狀況嗎？」高飛關心地問道。

賈詡道：「據臧霸奏報，魏延占領了樂安郡，也占領了濟南郡，只是讓人出乎意料的是，劉備居然先他一步占領了齊郡，而曹操則隨後進駐了臨淄城，並且派人向臧霸索要濟南、樂安、平原三郡之地。」

高飛冷笑一聲：「青州的局勢並不怎麼喜人，告訴臧霸，讓他暫時拖著曹操，儘量動員當地百姓撤離，撤離到黃河以北來，我要的是人口。另外，讓臧霸派人去和曹操協商，以濟南、樂安兩郡之地換取曹操在黃河以北的東郡九縣。曹操那麼聰明，一定知道我的用意何在，只要交換成功，我軍便可以高枕無憂了。」

賈詡「諾」了一聲，當即拱手道：「主公英明。」

「主公！」高林從外面走了進來，抱拳道：「呂布果然如同主公所料的一樣，暫時退兵回營了。只是，他讓主公兩天後交出鄴城，否則的話，就刀兵相見。」

高飛皺起眉頭，凝思了一會兒，道：「荀攸、荀諶、許攸、王文君，你們四個人務必在兩天內將全城百姓遷徙到信都城，我軍準備撤離，將鄴城內能帶走的統統帶走，呂布要鄴城，咱們就給他一座鄴城。」

荀攸、荀諶、許攸、王文君四個人齊聲答道：「屬下領命！」

「徐晃、龐德，你們兩個人統領張郃本部兵馬，在西南、西北各立下一座營寨，和鄴城西門遙相呼應，形成一個弧形的半包圍態勢，每日放出巡哨，發現可疑之人就立刻逮捕，暫時關押起來，兩日之內，我不想讓呂布知道我軍在做什麼。」高飛朗聲道。

「屬下明白！」徐晃、龐德二人齊聲答道。

太史慈見高飛冷落了他，便急忙抱拳道：「主公，那我呢？」

高飛道：「你負責掩護百姓撤離，東門就交給你了。」

太史慈見高飛給他的是這個任務，便老大不願意，但還是硬著頭皮接受了。

「黃忠、趙雲！你們二人一個守南門、一個守北門，若徐晃、龐德的兩處營寨有任何不測，就立刻予以支援。」高飛又下令道。

黃忠、趙雲兩個人同時喊道：「諾！」

命令下達完畢之後，眾將便開始去執行命令，大廳內頓時空無一人。

當天，鄴城內空前的熱鬧，高飛遵守了對袁熙的約定，將糧倉裡的糧食全部發放給城中百姓，並且適時鼓動城中百姓，動員他們舉家遷徙。

鄴城內的百姓有不少人是祖祖輩輩居住此地的，都不怎麼捨得背離，幸虧荀攸、荀諶、許攸、王文君帶人極力的遊說之下，才勸動了不願意遷徙的百姓。

徐晃、龐德二人在鄴城西南角、西北角立下兩座營寨，和鄴城西門形成了犄角之勢，並且用柵欄、鹿角環繞一圈，將營寨到城牆間的空餘地帶給連接起來，派人駐守，又派出許多哨騎，密切監視晉軍的動向，不放過任何的蛛絲馬跡。

辛毗、逢紀等一撥降將各自去上任，除了允許帶著十餘名親兵外，其餘的降兵全部交給了韓猛統領，協助鄴城百姓一起撤離到信都城。

之後的一天半時間裡，鄴城百姓攜家帶口，將自己家中能帶的東西全部帶走，在太史慈、韓猛帶著士兵的掩護下迅速撤離鄴城，往信都城方向趕去。

這日，高飛也讓人收拾好他的一切行裝，正準備離開趙侯府時，卻見廖化一臉慌張地趕了過來。

「什麼事情如此慌張？」高飛問道。

廖化向著高飛拜道：「主公，呂布派人送來了口信，要請主公前去赴宴。」

「赴宴？」高飛冷笑一聲，「這個時候邀請我去赴宴，一定是在試探我有沒有中毒。」

「宴無好宴，這宴主公千萬不能去赴。」賈詡這個時候走了進來，聽到了廖化和高飛的對話，便插話道。

「不，這場酒宴，我還非去不可！」高飛斬釘截鐵地道。

「主公，這是鴻門宴，千萬去不得！」廖化急忙道。

高飛笑道：「鴻門宴？那你可知道鴻門宴上是誰宴請誰？」

「是項羽宴請劉邦，主公若是去赴宴了，那呂布就好比項羽，主公就像是劉邦。」廖化鬧過黃巾，在他心裡，大漢早已不存在了，也不在乎直呼漢高祖的姓名是不是忌諱。

「那我問你，鴻門宴之後，項羽去幹什麼了，劉邦又去幹什麼了？」高飛拍了拍廖化的肩膀，問道。

廖化尋思了一下，便露出了笑容，道：「那這鴻門宴主公如若要去的話，應該帶上趙將軍和黃將軍……」

「哈哈哈！那倒不用。**呂布並非項羽，我也並非劉邦**，這場酒宴雖然不是什麼好宴，卻也不會有什麼危險，何況在呂布的軍中還有接應之人，我若不去，又怎麼知道他的事進展的如何了呢。」

賈詡道：「既然如此，那就讓屬下跟隨主公一起去吧，另外安排下一些軍兵，以備不測，**呂布雖然不是項羽，可那陳宮卻是范增，還是小心為妙。**」

高飛道：「嗯，軍師就看著安排吧。元檢，呂布定的何時的酒宴？」

「未時！」廖化答道。

「行了，你們都下去吧，未時的時候，軍師和我一起去晉軍大營，我倒要看看呂布這次宴請我到底所為何事。」

「諾！屬下告退！」

太陽偏西，轉眼間便到了未時，高飛穿著一身輕便的勁裝，騎著烏雲踏雪馬和賈詡一起策馬出了西門，朝晉軍大營而去。

晉軍大營裡，晉軍士兵嚴陣以待，身體彪悍的他們個個精神抖擻。

在大營的寨門前，呂布帶領著陳宮、文醜、高順、張遼四個人等候在那裡，看著從鄴城裡出來的高飛、賈詡，便對陳宮道：「這高飛倒是膽子不小啊，居然只來兩個人？」

陳宮獰笑道：「來的人越少越好，多了反而容易壞事，只要他敢來，定教他有去無回。」

張遼滿臉憂鬱之色，看著高飛慢悠悠的策馬逼近，便對呂布道：「主公，我們這樣做是不是太沒道義了，再怎麼說，還有幾個時辰而已，等明天天一亮，鄴城就是我軍的了，又何必非要如此呢？」

陳宮扭頭怒視著張遼，喝道：「荒謬！**你可知道這個人的存在是對主公最大的威脅嗎？**現在天下大亂，各個諸侯都忙於爭奪地盤，正所謂一山難容二虎，袁氏敗績，河北就只剩下主公和高飛兩個人，而且那高飛也是志在天下的雄主，此時若是不趁早將他除去，以後必成大患。」

張遼不語，嘆了口氣。

高順拍了拍張遼的肩膀，小聲道：「文遠，我們也是各為其主罷了，千萬別將個人的感情拿到檯面上來，否則以後你會吃大虧的。主公的話就是命令，做屬下的只要服從就是了。」

張遼點了點頭，對高順道：「高大哥……多謝提醒，張遼謹記在心。」

文醜倒是顯得很冷靜，他自從加入晉軍之後，行為做事都很小心，畢竟他沒有在晉軍中間立過什麼功勞，官職雖高，卻難以服眾，而他也明白，除了他帶領的投降過來的士兵外，晉軍的士兵都只聽高順、張遼、魏續的命令，所以他生怕說錯了話。

呂布不吭聲，他深知張遼的為人，雖然嘴上這樣說，可是心裡一定不會背叛他，這是一個知恩圖報的好青年，也是一個很好的得力助手。

在眾人談話的時候，任誰也不會注意到，在他們的身後，有一個身穿晉軍衣服的士兵在仔細聆聽著。這個人暗暗想道：「主公有危險，我必須想個好辦法才行。」

此人不是別人，**正是成功潛入晉軍的郭嘉！**

郭嘉交友廣闊，三教九流沒有一個不結交的，為了出名，他曾經想盡一切辦法，天南地北的人都見過，久而久之，也學習了不少的方言。他便是憑藉著這個長處，成功的混入了晉軍裡。

只片刻功夫，高飛、賈詡便到了，兩人翻身下馬，見呂布帶領眾位將士前來迎接，便急忙拱手道：「晉侯別來無恙？」

呂布寒暄道：「一切安好，我見燕侯氣色不錯，看來這蛇毒是解除了，不過燕侯這麼不小心，竟然被一條小小的毒蛇咬住了，萬一醒不過來，那燕侯豈不是要一命嗚呼了？」

高飛笑道：「我命大，死不了。哦，不知道晉侯今日宴請我所為何事？」

呂布道：「沒什麼大事，只是想和你敘敘舊。」

高飛的目光迅速掃過了眾人的臉龐，當他看到一張熟悉的臉龐站在士兵中間時，心中便稍稍安定了一點。

「晉侯，請！」

話音落下，高飛和呂布便並肩走進了營寨。

進入晉軍大營後，高飛、賈詡都覺察到異常緊張的氣氛，他們所過之處，所遇到的每一個晉軍士兵都用異樣的目光打量著他們，那種目光不是在行注目禮，而是充滿了一絲莫名的興奮。

呂布將高飛、賈詡領進中軍大帳，大帳裡早已安排了酒席，幾張小桌案上擺放著酒肉。

「燕侯，請上坐！」陳宮先呂布一步走進大帳，掀開大帳的捲簾，對高飛道。

高飛給陳宮一個自信的笑容，大踏步地直接來到大帳的上首位置。

陳宮見高飛鎮定自若，心中暗道：「此人應該早已看出這不是一個尋常的酒宴，竟然還能夠如此的鎮定自若，可見此人並不簡單，今日若不將他除去，以後必然會成為心腹大患。」

一想到這裡，他斜眼看了下站立在遠處的魏續，朝魏續點了點頭，魏續便轉身離去。

賈詡跟在高飛的身後，不動聲色，卻將陳宮的一舉一動看得很清楚。他瞥見郭嘉在人群中衝他使了一個眼色，便拱手對走在身邊的張遼道：「張將軍，人有三急，不知道軍營中可有方便之地？」

張遼指著東邊的一個角落說道：「先生可到那裡去方便。」

賈詡拱手道：「多謝張將軍指教，我方便完就回。」

張遼衝賈詡笑了笑，沒有說話，轉身便走進了大帳。

陳宮、高順、文醜都沒有太留意，想賈詡孤身一人，又身陷晉軍大營之中，怎麼可能跑得掉，便陸續走進大帳，讓賈詡自由活動去了。

賈詡前腳剛走，郭嘉便急忙將手中握著的長戟丟給身邊的一個士兵，操起一口流利的晉中方言，小聲喊道：「哎呦，我早上不知道吃什麼了，竟然吃壞了肚子，不行了，我憋不住了，你先替我一會兒，我去方便一下。」

說完這句話，郭嘉也不管那士兵怎麼想，裝出一副要如廁的內急樣子，捂著肚子便緊跟著賈詡後面跑了過去。

「軍中多眼線，請隨我來。」郭嘉在經過賈詡的身邊時，對賈詡小聲嘀咕道。

賈詡見郭嘉跑得比兔子還快，乍看上去，真的是急得不得了啦，快步跟了上去，整個人也裝出很急的樣子，心中想道：「奉孝這小子，人小鬼大，倒是挺機靈的，只要加以磨練，以後必然會成為主公帳下一位得力的謀士。」

轉過一個帳篷，賈詡便被郭嘉一把給拽住，直接拉進一個帳篷。

「軍師，以你的聰明才智，難道不知道這是一場鴻門宴嗎？」郭嘉一進帳篷，臉上便起了一絲猙獰，喝問道。

賈詡見郭嘉如此喝問，笑道：「你放心，呂布不是項羽，主公更不是劉邦，這軍營中雖然處處暗藏殺機，卻也是生機勃勃。」

郭嘉道：「此話怎講？」

賈詡指著郭嘉道：「**因為有你在**，你在這裡，就必然會想盡一切辦法讓主公脫困，**你就是那勃勃的生機！**」

郭嘉皺起眉頭，道：「來這裡，是主公的意思？」

「你以為我能左右主公的想法嗎？我雖然深得主公信任，可是主公有自己的想法，這是我不能所左右的。」賈詡道。

郭嘉點點頭，托著下巴，沉思道：「我明白了，請軍師去看好主公，**陳宮一心想置主公於死地**。呂布雖然對陳宮信任，但是經常朝令夕改，如果有軍師能夠用言語迷惑呂布，或許就能阻止陳宮的惡語中傷。至於我，你們就不用擔心了，我自有辦法讓主公脫困，而且順便讓呂布去占領司隸，事成之後，我便會歸營的。」

賈詡見郭嘉胸有成竹，便道：「好吧，你自己多加小心，我剛才見陳宮對魏續使了一個眼色，不知道是讓魏續幹什麼壞事去了。」

郭嘉拱手道：「我知道了，咱們暫時別過，等我成功引導呂布去了司隸，我就會回來。」

賈詡當即辭別了郭嘉，為了不引起懷疑，還真的去了茅房，在那裡留下一泡尿後，這才回到中軍大帳裡。

大帳裡，呂布高舉著酒杯，一臉笑意地對高飛道：「燕侯，袁氏敗亡，我們一人占了一半冀州，這是天大的喜訊，咱們不醉不歸啊。」

高飛笑道：「恭敬不如從命。」

賈詡進入大帳後，隨即坐下，見陳宮、文醜、高順三人都目露凶光，眼睛直直地盯著呂布握著酒杯的手，心中便已經明白了，**這是在等呂布摔杯為號**。

「啟稟晉侯，在下賈詡，仰慕晉侯威名，以前只是匆匆見過，今日能長時間一睹晉侯尊容，確實令在下折服。在下敬晉侯一杯，還望晉侯不要推辭！」賈詡突然站了起來，舉起手中的酒杯道。

呂布很清楚，賈詡是高飛的心腹，要是當眾駁了賈詡，高飛的臉上也沒有光彩。再說，他想到一會兒就可以將高飛的人頭拿在手上把玩，心裡便是一陣莫名的興奮，便爽快地答道：「好，那咱們就乾了。」

喝完一杯，賈詡迅速斟滿酒，端起酒杯又向呂布道：「我久聞晉侯英勇無敵，被稱為『飛將軍』，天下再無晉侯這樣的人了，就衝著晉侯是獨一無二的飛將軍，賈詡再敬晉侯一杯。」

呂布仍是一飲而盡，剛放下酒杯，又被賈詡連續勸了好幾杯酒。

這還不算完，賈詡又大加讚美了高順、張遼、文醜一番，一一敬酒之後，已經過去好長一段時間了。

隨後，賈詡開始讚揚陳宮，當要敬陳宮酒的時候，手中的酒杯突然拿不住，重重地摔到地上，酒杯立刻碎了一地。

在這一剎那，魏續、侯成、宋憲、曹性四將突然從外面衝了進來，每個人都手持兵刃，身穿鎧甲，個個凶神惡煞的。

就在這時，不知道是誰在營外大聲喊道：「不好了，走水了，糧倉走水了……」

犀利的聲音傳到晉軍大營裡，呂布聽後，登時站了起來，對魏續等人喝令道：「你們四個還愣在這裡幹什麼，還不快去救火！」

魏續、侯成、宋憲、曹性四人「諾」了聲，便陸續出了大帳。

高飛坐在位置上不動聲色，就連賈詡也是異常的冷靜。可是呂布、文醜、高順、張遼幾人都是一臉錯愕，誰也沒有預料到，本來計畫好的事，竟然輕易便被破壞了，而且糧倉為何會失火，更是讓他們覺得很納悶。

高飛見狀，冷笑道：「**原來晉侯擺的是鴻門宴**，既然如此，我這顆人頭你就拿去吧。」

呂布尷尬地道：「這是個誤會，請燕侯不要放在心上。」

高飛見呂布連撒謊都說得那麼牽強，便不再多說什麼，站起身，朝呂布拱手道：「晉侯，明日午時三刻，我會親自將鄴城交到你的手中，我軍出來許久，也是時候班師回幽州了，希望晉侯不要受到奸人挑撥，影響了我們之間的情誼。如果我真的死了，只怕將近四十萬的烏桓人會趁機作亂，就算晉侯能夠成為河北的霸主，可是有烏桓人在，晉侯也不一定會在河北待得安穩吧？」

呂布還沒有來得及開口，便見一個斥候跑了進來，道：「主公，燕軍趙雲、黃忠、徐晃、龐德、陳到、盧橫、廖化等人各自率領部眾將我軍包圍住，要主公交還他們的主公。」

「胡鬧！」高飛借題發揮，大聲喝罵道：「晉侯，我就此告辭了，我若不在眾人面前露面，勢必會引發兩軍火拼，到時候兩敗俱傷，那可不是晉侯所願意看到的吧？」

呂布鐵青著臉，道：「燕侯一路保重，明日午時三刻，我準時等你交接鄴城。」

「一定！」

高飛隨口答了一句話，便帶著賈詡快步離開大帳。

「主公，不能放高飛走啊，現在正是要除去他的時候！」陳宮見高飛要走，趕忙喊道。

呂布怒視著陳宮，暴喝道：「都是你！**偷雞不成蝕把米**，我若真想殺高飛，只需方天畫戟一揮便可，何必用你這種爛計？我何嘗不知道高飛不是一個省油的燈，可是如果真將他殺了，他屯駐在鄴城的十餘萬兵馬就會全部撲殺過來。燕軍要比趙軍強上十倍之多，**若是我軍全軍覆沒了，你擔待得起嗎？**」

陳宮反駁道：「只要高飛一死，燕軍就會群龍無首，那些趙軍投降過去的蝦兵蟹將也肯定會反戈一擊，我軍……」

文醜聽到陳宮說趙軍是蝦兵蟹將，心裡便老大不樂意，立刻打斷陳宮的話，道：「軍師，請你說話注意點，趙軍之中並非都是蝦兵蟹將。我若是蟹將，那你就是蝦兵了。」

「文醜，你……」

「夠了！」呂布猛地一拍桌子，大聲喝道：「都退下，救火要緊！軍中一定有燕軍的奸細，不然糧倉不會好端端的失火，必須徹底查清每一個的底細，將奸細給我抓出來。」

「諾！」

高飛帶著賈詡迅速出了晉軍大營，來到寨門前的時候，扭頭看了一眼晉軍後營冒著滾滾的濃煙，他連想都不用想，便知道這是郭嘉幹的好事，嘴角露出一抹笑容，心中道：「奉孝，請多多保重！」

趙雲、黃忠、徐晃、龐德四將策馬趕了過來，見到高飛安然無恙，又見晉軍大營裡亂作一團，便異口同聲地道：「主公，請火速回城，遲則生變！」

高飛點點頭，轉身便躍上烏雲踏雪馬，輕喝一聲，策馬而去。

賈詡、趙雲、黃忠等人則緊緊跟隨，並且撤去包圍著晉軍大營的士兵，向鄴城退去。

晉軍大營後面濃煙滾滾，魏續帶著侯成、宋憲、曹性和士兵們一起去救火，迎面撞上一個臉被熏黑的士兵，將他差點翻倒。

魏續的脾氣不怎麼好，抬起手便打了士兵一巴掌，大罵道：「沒長眼的東西，給我滾開！」

士兵急忙躲開，不敢阻攔，卻面帶著委屈。

等魏續到了儲存糧草的後營時，見到火勢凶猛，立刻下令撲救。宋憲、侯成、曹性三個人各自帶著自己的部下前去救火，魏續則留在原地指揮。

這時，身穿晉軍衣服的郭嘉從一邊趕了過來，到了魏續身前，拱手道：「小的參見將軍！」

魏續隨口道：「少廢話，趕緊去救火！」

郭嘉見士兵從遠處的一個蓄水池裡提著水桶來救火，便搖了搖頭，抱拳道：「將軍，這樣救火的話，實在太慢了，小的有更快的辦法。」

魏續來了興趣，扭頭看了郭嘉一眼，卻並不相識。不過他也沒有感到奇怪，畢竟晉軍中士兵太多，他又怎麼能夠認得過來呢。

他斜眼看了一下火勢，隨即問道：「你真的有辦法在短時間撲滅這大火？」

郭嘉胸有成竹地點點頭，隨即說道：「水源太遠，而且杯水車薪，不等士兵將水提來，糧倉裡的糧食就會被焚燒大半了，到時候主公怪罪下來，恐怕不是將軍所能擔待的。如今，只有將損失減少到最小，才能不至於讓主公責罵。」

魏續覺得郭嘉說得很有道理，便道：「快說辦法！」

郭嘉道：「用土！讓士兵都脫去外衣，就地挖掘泥土，然後用外衣將泥土包裹在裡面，將泥土灑在火裡，就可以在短時間內將火勢撲滅。」

魏續毫不猶豫，急忙對身後的親兵道：「快去傳令，照這小子的話去做！」幾個親兵轉身便走，只剩下魏續和郭嘉停留在原地。

「你是哪裡人？」魏續細細地打量了郭嘉一番，對郭嘉來了興趣，問道。

郭嘉道：「小的是上黨郡襄垣人。」

「你叫什麼名字？」

「小的姓郭，家中排行老三，人都叫我郭三。」

魏續扭過頭，看著前方士兵正在忙碌的挖掘泥土，再用挖掘出來的泥土去滅火，只一小會兒時間，火勢便迅速得到了控制。

他一喜，看著身邊的郭嘉道：「你小子倒是有幾分聰明，想不想跟做我的親兵？」

郭嘉歡喜地跪在地上，朗聲道：「將軍在上，請受小的一拜！」

魏續「嗯」了一聲，笑道：「起來吧，從今以後你就跟在我身邊，我就喜歡你這樣機靈的人。」

郭嘉站了起來，唯唯諾諾地向魏續作揖，心裡卻默默地想道：「沒想到會這麼容易，**天時、地利我都占了，剩下的就是人和了**，必須在短時間內取得文醜、高順、張遼的信任才行。主公啊，你且在信都城休整一番時間，給我半個月，半個月之後，我必然會成功蠱惑呂布南下司隸。」

大火很快便被撲滅了，受損的糧草也只是極小的一部分，呂布親自來看了糧倉之後，覺得沒受多大損失，也沒有進行責備。

但是，晉軍大營裡卻並未就此平靜，各個將軍、校尉以下的官員都在徹底清查自己的部下，發現來歷不明者便格殺勿論。

郭嘉有先見之明，先行取得了魏續對他的信任，跟在魏續身後誰也不會過問，算是躲過一劫。

入夜後，清查奸細的活動徹頭徹尾地完畢了，並未發現可疑之人，追查奸細的事也就不了了之，畢竟這只是呂布個人的臆測而已。

月朗星稀，清冷的月光照射在大地上，郭嘉跟魏續出營巡視，經過一片小樹林時，一個士兵意外發現了一具無頭的屍體，立刻飛馬過來稟告魏續。

魏續看了眼地上的無頭屍體身上穿的是晉軍的服裝，便問道：「是誰先發現這具屍體的？」

「啟稟將軍，是我！」一個士兵站了出來。

魏續見是跟隨自己多年的親兵隊長，便問道：「看這具屍體死了差不多有一兩天了，為何軍中少人卻沒有人覺察到？」

正當眾人都陷入疑惑不解的時候，站在魏續背後的郭嘉突然指著那具屍體，大聲道：「將軍請看，這屍體下面壓著一樣東西！」

魏續朝地上一看，果然有一件物品被屍體壓著，他讓人把屍體挪開，看見屍體下面壓著的竟然是一塊玲瓏通透的玉佩，玉佩上沾滿了血污。

魏續的親兵隊長看了一眼後，瞳孔突然放大，指著地上的玉佩道：「將軍，這玉佩我認識，好像是張麻子的。」

「張麻子？」魏續扭頭看著身後一個滿臉麻子的親兵，問道：「這是不是你的玉佩？」

那個叫張麻子的親兵臉上一陣驚慌，頓時摸了摸自己的全身，發現自己身上的玉佩竟然不見了，再看了一眼那塊帶著血的玉佩，越看越像自己的傳家之寶，吱吱唔唔地道：「這玉佩……好像是……是我的那塊玉佩……」

「什麼叫好像是，這玉佩本來就是你的。你不是說這是你的傳家寶嗎，而且你經常貼身佩戴，平時也不讓我們看，寶貝的不得了，怎麼跑到這裡來了？」親兵隊長質問道。

張麻子道：「我……我也不知道啊，我記得早上我還戴著的，怎麼會跑到這裡來了，而且，這死人又是誰？」

魏續瞪著兩隻眼睛道：「我還想問你呢，你他娘的該不是賭輸了錢，把你的債主給殺了吧？」

「不不不……將軍，你是知道我的，我怎麼會做出這種事情呢？」張麻子連忙擺手道。

魏續看了看跟隨他快一年的張麻子，也不相信這個天生膽小的人會殺人，平時他連殺雞都不敢，若不是張麻子老爹有錢，每次賭錢的時候，他總是從張麻子身上撈取大把大把的錢財，他才不會要這個沒用的親兵呢。

郭嘉看準時機，小聲對魏續道：「將軍，這事有蹊蹺啊。」

「我也知道有蹊蹺，可是我還沒想明白。」魏續道。

郭嘉挑撥道：「將軍，你想想看，白天那糧倉好端端的怎麼會起火呢？而且這邊剛起火，咱們晚上就發現了這具屍體，張麻子的貼身佩戴的玉佩又在這具屍體下面，種種事情聯繫在一起，小的敢肯定，**軍中一定有奸細。**」

魏續也覺得這事不單純，皺著眉頭道：「我也覺得有奸細，不光是我，就連主公和所有的將軍都覺得有奸細。可是查了一下午，都沒有查出來有什麼可疑的人啊？」

郭嘉道：「其實，**可疑的並不是人，而是心！**」

「心？」魏續好奇地道。

郭嘉小聲道：「將軍，請借一步說話。」

魏續將郭嘉拉到一個無人的地方，對郭嘉道：「你有什麼話，就說吧。」

郭嘉見魏續已經被他吊足了胃口，便繼續說道：「將軍覺得張麻子有可能是奸細嗎？」

「他？不可能，他那麼膽小，怎麼可能會是奸細？」魏續不以為意地道。

郭嘉混入晉軍的軍營裡也有三天了，三天時間裡他不是白混的，他逐一調查了文醜、高順、張遼、魏續四人，發現魏續的警惕性最差，而且很容易上當受騙，便決定從他下手。

於是他開始暗中調查魏續身邊的人，將張麻子的情況摸得一清二楚後，便決定讓張麻子成就他在魏續心目中的地位。

郭嘉挑撥道：「將軍，知人知面不知心，小的倒是覺得張麻子很可疑。」

「哦？」

魏續將信將疑，見張麻子從地上撿起那塊帶血的玉佩，擦拭掉玉佩上的血，十分愛惜的握在手裡，口中便道：「有什麼可疑之處？」

郭嘉道：「張麻子對玉佩是如此的愛惜，平時都隨身攜帶，要是丟了的話，不可能會那麼久都不知情；再者，小的聽說張麻子和將軍賭錢經常十賭九輸，可是和別人賭錢就是十賭九贏，將軍不覺得他這樣做是有目的的接近你嗎？」

魏續被挑起了疑心，道：「聽你這麼一說，我還真覺得張麻子有點可疑了……」

「這就對了，張麻子一定是利用錢財來迷惑將軍，表面上對將軍獻殷勤，實際上卻是為了取得將軍的信任。今天我聽說負責守衛糧倉的人裡就有張麻子，將軍請想想看，這來糧倉是重地，向來都會有重兵把守，若非是熟門熟路的人放火的話，肯定會被人發現的。」

「你是說，張麻子是奸細？」

「極有可能！」

魏續狐疑道：「不對啊，要是張麻子真是奸細的話，他怎麼會把這麼重要的東西丟在這裡，而且還是能代表他身分的東西呢？」

郭嘉分析道：「將軍，出現這樣的事，只有兩種可能。」

「哪兩種？」

「一是張麻子殺了發現他身分的人，在扭打中，玉佩意外脫落，掉在死者的身下，可是張麻子並未發覺。」

「第二呢？」

「二是張麻子故意這麼做，然後以別人陷害自己為由，替自己開罪。」

魏續思索道：「你分析得挺到位的，我真是後悔沒有早點發現你，不然，有你跟在我的身邊，我肯定會是主公最為信賴的人。」

郭嘉道：「將軍，現在也不晚。將軍先是撲滅了糧倉大火，現在若是又抓到了奸細，主公面前，將軍就是大大的紅人了。」

魏續遲疑道：「可是那也只是推測而已，萬一將張麻子抓到主公面前，他不是奸細怎麼辦？那我不是偷雞不成蝕把米了嗎？」

「將軍不必擔憂，是與不是，一搜張麻子的身就明瞭了。奸細殺人，必然會暴露自己，通常這種情況下，只有一種可能，那就是他要向外送信。只要搜了張麻子的身，若有可疑之物，就能斷定他是奸細，沒有的話，寧可錯殺，也不能放過，**將軍就一口咬定張麻子就是奸細**，獻給主公之後，主公定然會很高興。」

魏續聽得心裡澎湃不已，立刻下令道：「將張麻子給我綁了，搜他的身。」

張麻子還沒有反應過來，便被五花大綁，驚慌得更是不知所措。

郭嘉信步來到魏續的身後，心中暗道：「麻子兄弟，對不起了，**你的死能換取整個並州，你應該感到自豪才對**。」

不多時，士兵便從張麻子的衣角裡搜出一顆蠟丸，交給魏續。

張麻子一臉驚呆，根本不知道這是什麼東西，又怎麼會在他的身上，急忙叫道：「將軍，冤枉啊，我是冤枉的，這是有人在陷害我，如果真是我的話，我怎麼可能會把玉佩這麼重要的東西丟在這裡呢？」

魏續聽張麻子的回答被郭嘉說中了，冷哼一聲道：「是不是，我一看便知。」

話音落下，魏續便打開蠟丸，裡面藏著一張小字條，寫著一行蠅頭小字：

「呂布大軍在冀州，並州兵力空虛，請公速率西涼鐵騎取之。」

魏續大怒道：「你這個奸細，你還有什麼好說的！來人！把張麻子拉出去砍了！」

張麻子禍從天上來，還沒有反應過來，就被魏續手下麻利的親兵隊長一刀給砍翻了過去，一顆人頭滾落下來，連叫都沒來得及叫一聲。

郭嘉見張麻子已死，又對魏續道：「將軍，奸細是抓到了，可是這奸細要傳遞出去的資訊可非同小可啊，必須迅速稟告主公才行。」

魏續知道這件事的嚴重性，將字條捏在手裡，對親兵隊長道：「將屍體埋了，把人頭帶回營裡掛起來，讓其他人都看看，當奸細的下場是什麼樣子。」

魏續說完，轉身對郭嘉道：「你跟我走，去見主公。」

郭嘉「諾」了一聲，便跟在魏續的身後，直奔晉軍大營。

到了晉軍大營門口，郭嘉又對魏續道：「將軍，一會兒主公若是要問起這奸細的事，將軍該如何回答？」

魏續道：「自然是實話實說了……」

「不不不，將軍千萬不能實話實說。」郭嘉道。

「為什麼？」魏續不解地看著郭嘉。

郭嘉道：「將軍想像一下，軍中死了一個人，可全軍上下卻無從得知，而且張麻子又是跟隨在將軍身邊的親兵，這麼長時間，張麻子不知道向涼軍透露了多少機密，主公若是追查下來，將軍豈不是也會受到牽連嗎？」

魏續聽了，臉上一陣鐵青，急忙勒住馬匹，問道：「那該怎麼辦？」

郭嘉道：「張麻子雖然是將軍身邊的親兵，可也是一個極為普通的士兵，認識張麻子的人，也就只有將軍身邊的這些親兵而已，只要所有的親兵一致說不認識張麻子，自然可以洗脫將軍的不查之罪。另外，將軍進入大帳之後，一定要說是將軍自己在巡營的時候拿住的，這樣一來，主公自然不會責怪將軍了。」

「嗯，你說得很有道理。」魏續立即對另外幾名親兵道：「傳令下去，誰要是敢說認識張麻子，定斬不赦！」

親兵們都「諾」聲應道，其中一個還特地往小樹林跑了過去，去通知留下掩埋屍體的親兵隊長。

郭嘉見事情已經成功了一半，心裡暗暗偷笑道：「魏續果然是個庸才，剩下的就看呂布做何反應了。」

抵達中軍大帳時，魏續從馬背上跳下來，將馬韁交給郭嘉，道：「你帶領著他們在帳外等候！」

魏續進入中軍大帳，見呂布獨自一人在帳中喝著小酒，便一臉笑意地跑到呂布身邊，端起酒壺給呂布的酒杯裡倒酒，顯得很是殷勤。

呂布對自己這個小舅子十分的瞭解，看到魏續屁顛屁顛的來伺候他，便冷笑一聲道：「是不是錢又輸光了？」

魏續道：「輸錢？我怎麼可能會輸錢呢，別人輸給我還差不多。」

「無事獻殷勤，非奸即盜。說吧，你找我有什麼事？」呂布咕嘟喝了一口酒，凝視著一臉笑意的魏續。

魏續豎起大拇指，誇讚道：「還是姐夫……不，是主公。還是主公慧眼獨具，我一撅屁股，你就知道我拉什麼屎了。實不相瞞，我找主公是有一件大事相告。」

「你？」呂布知道魏續的為人，平時吃喝嫖賭都很精通，一聽魏續說大事，便冷嘲熱諷地道：「你能有什麼大事？」

魏續見呂布不相信自己，便急忙從懷中掏出一張字條，交到呂布的手裡，說道：「主公請過目，一看便知。」

第十章

高人指點

呂布聽完這番話，感到很驚奇，因為他十分瞭解這個小舅子，知道他根本不可能說出這番話來。笑了笑，問道：「你是不是得到什麼高人指點了？」

魏續連忙擺手道：「沒有的事，這些都是我一個人想出來的。」

呂布拿過字條匆匆流覽了一眼，臉色登時大變，猛然拍了一下面前的桌子，大怒道：「果然有奸細！」

「你從哪裡得來的？」呂布橫眉怒對，厲聲問道。

魏續忙道：「今夜我巡營的時候，在樹林中抓到一個可疑的人，我便讓士兵把那人抓了起來，一搜身，便搜出裹著蠟丸的字條，我看了以後，才知道他是奸細，二話不說就把那人砍了。我覺得這件事很嚴重，所以便來見主公，將此事告知給主公，請主公定奪。」

呂布「哼」了一聲，站起身子，將手中字條撕得粉碎，大怒道：「馬騰這個老狐狸，把當初的約定都拋到腦後了，沒想到才短短兩年，就想來圖謀我了。」

魏續見呂布動怒，又添油加醋地道：「主公，馬騰確實是個老狐狸，你忘了，一年前馬騰的部下不是闖入了朔方、上郡兩地嗎，當初說是為了追趕流寇，現在想起來，那只是一個藉口，目的是想圖謀主公。也算是蒼天有眼啊，馬騰終於露出狐狸尾巴了。」

呂布聽魏續這麼一說，想起確實有這麼一回事來。

他曾經和馬騰有過一個口頭約定，當初討伐董卓時，呂布率部追擊董卓，追到函谷關外的時候，遇到馬騰帶兵反叛董卓，他們兩個合力殺了李儒、郭汜，迫使張濟、樊稠投降。

之後，馬騰的部下送來了董卓的人頭，呂布和馬騰便訂立了一個約定。馬騰將董卓的人頭交給呂布，並且奏請天子封呂布為侯，兩家則約定互不侵犯。

呂布當時貪圖這等蠅頭小利，加上士兵疲憊，董卓已死，他的戰心也沒了，便答應了馬騰提出的約定，帶著人便從函谷關退兵。

現在，呂布每每想起當時答應了馬騰的這個約定，都後悔不已，如果當初他率部攻打馬騰的話，將皇帝搶奪在自己的手中控制著，他也必然會成為權傾朝野的人。

呂布重重地嘆了口氣，回想起兩年前的往事來，便有些失落，對魏續道：「你去將文醜、高順、張遼叫來，既然出了這種事，就不得不小心為妙。馬騰占據關中和整個涼州，所掌控的勢力範圍和並州緊緊相連，若是他真的偷襲並州的話，必然會從朔方郡進攻，我必須有所防範才行。」

魏續點點頭，抱拳向呂布應了一聲，可是腳步卻並未移動，只用哀求的表情看著呂布。

呂布看著魏續，便立刻明白過來，道：「你這次立了功，等挖掘了鄴城內的寶藏之後，我定然會重重賞你的。」

魏續一臉笑意地道：「多謝主公，屬下告退！」

出了營帳，魏續見到郭嘉和其他親兵等候在那裡，便一臉平靜地指著三個親兵道：「去將文醜、高順、張遼三將叫來，這是主公的命令！」

郭嘉剛才隱約聽到大帳內呂布的怒喝聲，腦筋馬上轉動起來，雖然不知道馬騰和呂布有什麼樣的約定，但是從這兩年的形勢來看，馬騰在關中和涼州逐漸站穩腳跟，卻和臨近的呂布沒有什麼衝突，便大致明白了其中的道理。

他急忙道：「將軍，主公怎麼說？」

魏續道：「我抓了奸細，主公自然要賞賜我，等主公賞了我，我就分你一點。郭三，以後你就擔任我的親兵隊長吧，我發覺有你在我身邊，我的好運就來了。」

郭嘉見魏續對他更加信任了，做出興奮的表情道：「諾！小的多謝將軍提拔。」

魏續拍了拍郭嘉的肩膀，嘉許道：「好好幹，我不會虧待你的。」

郭嘉隨口附和了兩句，便和魏續等在人帳門口。

不多時，文醜、高順、張遼三人來到中軍大帳，魏續轉身對郭嘉道：「你等在這裡，我先進去，主公這次可要動真格的了。」

郭嘉點點頭，目送魏續進了大帳。

他牽著魏續的馬匹，忽然看見陳宮跨著大步向中軍大帳走來，心中暗叫道：「不好，陳宮一來，肯定壞事。」

他生怕陳宮會來破壞他的好事，靈機一動，貼近馬匹，趁人不注意，便取出一根箭矢，用箭頭猛地朝馬匹的腹部刺了一下，同時鬆開了手中握著的韁繩。

那馬匹頓時感到腹部一陣生疼，變得狂躁起來，抬起兩隻前蹄，發出一聲痛苦的長嘶，便迎著陳宮撞了上去。

陳宮正大步向前走著，突然看見魏續的戰馬發瘋似的朝他衝了過來，臉上一驚，急忙閃到一邊，戰馬便從他的面前快速閃過，朝大營外跑了出去。

郭嘉見那馬匹沒有衝撞到陳宮，立刻走向前去，迎著陳宮道：「軍師恕罪，小的罪該萬死！」

陳宮並不認識郭嘉，見他牽著魏續的馬匹，知道他是魏續的親兵。他對魏續向來沒什麼好感，剛才若非他躲得快，這匹馬不把他撞死才怪。

他氣急敗壞地道：「你是該死！連匹馬都看不住！留你何用？來人啊，把他拉出去砍了！」

「軍師饒命啊……軍師饒命啊……」郭嘉跪在地上，連忙叩頭道。

陳宮不為所動，指著就近的幾個士兵道：「你們幾個，把他給我拉出去砍了！」

郭嘉見士兵向他聚攏過來，立即站了起來，一把抓住陳宮的手，趁亂將早已準備好的蠟丸迅速地塞進陳宮的袖筒裡，然後不住地求饒道：「軍師饒命啊，我知道錯了，請軍師看在魏將軍的面子上饒我一條狗命……」

陳宮絲毫沒有覺察到有任何的不對勁，只因為郭嘉把垂死的掙扎演繹的太逼真了。他一把甩開郭嘉的手，抬起腳踹向郭嘉，喝道：「給我滾開！」

郭嘉翻倒在地，在地上滾了幾個滾，沒命似的大聲喊叫道：「軍師殺人了……軍師要殺人了……將軍快來救我啊……」

文醜、高順、張遼、魏續剛給呂布行完禮，便聽見帳外傳來喊叫聲。呂布正在氣頭上，聽到有人在帳外大聲喧嘩，大怒道：「哪個王八羔子這麼不懂規矩？」

魏續聽聲音很耳熟，臉上一驚，忙對呂布道：「主公不必動怒，我出去看看。」

「不用了，都跟我一起出去！」呂布大踏步朝帳外走了出去，頭也不回地道。

魏續緊緊跟在呂布後面，心中暗道：「糟了，不知道郭三闖什麼禍了，怎麼又和陳宮那老小子扯在一起了……」

呂布出了大帳，見守在帳外的親兵將郭嘉給抓了起來，郭嘉則是一臉驚恐地在大喊大叫。

他看了眼陳宮，喝問道：「發生了什麼事？」

郭嘉搶先道：「啟稟主公，魏將軍的座下戰馬突然受驚，小的控制不住，那馬一下子朝營外跑去，正好軍師從轅門外走來，差點撞上軍師，小的急忙前去賠禮道歉，求軍師寬恕，軍師二話不說，直接要將小的問斬。小的確實有過失，可是罪不至死啊，小的不服，才在主公帳前大吵大鬧，小的不得已冒犯了主公，還請主公恕罪！」

呂布聽完，扭頭看著陳宮，問道：「軍師，是這樣嗎？」

陳宮點點頭。

呂布不滿地道：「屁大的事，也值得你們這樣鬧騰？這小子說的在理，他罪不至死，責罰五十軍棍即可。軍師，你來得正好，我有要事要和你商量，隨我進帳吧。」

郭嘉再次搶話道：「多謝主公不殺之恩，多謝主公不殺之恩。」

陳宮怒視著郭嘉，心中十分的不爽，卻也無可奈何。

他俯身向呂布「諾」了一聲，當他的手臂自然垂下後，袖筒裡的蠟丸便掉了下來，直接滾到呂布的腳邊。

呂布低頭一看，見是一顆蠟丸，眉頭登時緊緊皺起，對魏續道：「撿起來！」

魏續也是不敢置信，萬萬沒想到陳宮的身上還藏著蠟丸，不過他的心裡卻是一陣暗喜，趕忙將蠟丸撿起，剝開後，發現裡面有一張字條，立即呈給呂布過目。

呂布接過字條，映著微弱的燈光看了之後，臉上青一陣紅一陣的，表情像是打翻了五味瓶一樣。

陳宮見呂布臉上的表情起了變化，心裡頗為納悶，卻只能一臉無辜地看著呂布，不知道字條上到底寫了什麼，竟讓呂布如此表情。

郭嘉站在一邊偷笑，暗暗想道：「沒想到跟卞喜學這『妙手空空』的招式，倒是用在了這上面，就算陳宮這次不死，也能成功的離間呂布和陳宮之間的關係。」

呂布將字條緊緊地拽在手裡，面色十分難看，強壓著心中的怒火，吼道：

「都跟我進來！」

魏續見呂布轉身進了大帳，文醜等人也隨之走了進去，便快步走到郭嘉的身邊，對抓住郭嘉的兩個親兵小聲吩咐道：「給他墊厚點，事成後我請你們喝酒。」

那兩個親兵會意道：「將軍放心！」

魏續又對郭嘉道：「郭三，你放心，這些都是我的賭友，不會對你下重手的，五十軍棍一會兒就過去了。挨完打後，你就好好休息。」

郭嘉道：「多謝將軍關心，小的感激不盡。」

魏續衝郭嘉笑了笑，轉身走進大帳，那兩個親兵則帶著郭嘉去挨軍棍去了。

中軍大帳裡，氣氛異常的緊張，呂布端坐在那裡一言不發，如蛇蠍般毒辣的眼神一直緊盯著陳宮。

突然，呂布抬起腳將自己面前的桌子踹開，桌上的東西灑落一地。

他將手中的字條揉成小團，直接朝陳宮的臉上砸了過去，叫道：「你這個吃裡扒外的狗東西，**我對你不薄，你為何要如此對我？**」

陳宮早有不祥的預感，他不躲不閃，紙團正好砸在他的臉上，他伸手接住紙團，打開看了一眼後，反問道：「主公，你對屬下不薄，屬下怎麼可能會這樣做呢？」

「你的心只有你自己明白，算我瞎了眼，竟然沒有看出來你是這樣的一個人！難怪你當初在洛陽的時候會死乞白賴的投效我，原來一切都是為了要加害於我。說！**曹操還讓你幹什麼了？**」

呂布此時怒不可遏，前面才跑出一個馬騰派來的奸細，現在又蹦出一個大奸細，而且還是他最為信賴的人，這對他的打擊實在是太大了。

文醜、高順、張遼、魏續聽了，不禁都看向陳宮手裡握著的那張字條，想知道上面寫的到底是什麼。

陳宮知道這是有人在陷害他，可是思來想去，卻想不出可疑的人，他見文醜幾人對這張字條很感興趣，當即面色不改，拿起字條宣讀道：

「孟德吾兄，今袁氏敗亡，河北遂成二雄並立局面，二雄如今脣齒相依，河北急切之間難以圖之。呂布對吾十分信任，我勢必會鼓動其對高飛下手，挑撥兩軍在冀州展開激戰。一旦兩軍會戰，兄便可以提中原雄師北渡黃河，先與呂布夾擊高飛。脣亡齒寒，高飛被滅之後，兄便可反戈一擊，有吾在內為內應，取呂布小兒首級易如反掌。見字如故，盼兄早日回覆。」

文醜、高順、張遼、魏續聽了，臉上的表情各不相同。文醜面無表情。高順則是驚慌失措，看著陳宮的目光充滿了殺意；張遼則是一臉的疑惑，目光顯得有些遲疑。魏續則是幸災樂禍的表情，並且帶著洋洋得意的笑容。

呂布陰沉著臉，指著陳宮道：「沒想到你竟然隱藏的如此深，你原本是張邈部下，張邈和曹操是舊識好友，曹操當時是兗州刺史，說白了，你也算是曹操的舊部。你不投曹操，卻帶著殘兵前來投靠我，原來這都是曹操和你在暗中一手策劃的計謀。我早就該想到的，虧我還對你如此的信任。來人！將陳宮給我推出去斬首示眾！」

「等等！」張遼站了出來，抱拳道：「主公且慢，這中間尚有許多可疑之處，還需要進一步澄清，屬下不相信軍師會如此做……」

「事實都擺在眼前了，還有什麼可說的！」呂布怒道：「難怪他一直勸我殺了高飛，原來這一切都是有陰謀的。」

「主公息怒，且聽屬下一言。」張遼朗聲道。

「沒什麼好說的，來人，將陳宮推出去斬首示眾！」呂布一擺手，衝帳外大聲喊道。

高順急忙緩頰道：「主公，屬下以為，這件事非同小可，主公為何不聽聽軍師的辯解？萬一殺錯了人，以後後悔都來不及！」

「是啊主公，屬下以為，軍師若是真要圖謀主公的話，怎麼可能會不小心暴露如此密信？反正軍師現在又跑不了，就算要殺的話，屬下只需拔劍斬之即可，何不聽聽軍師是如何說法呢？」張遼力勸道。

「事實都擺在這裡了，人證、物證都在，還有什麼好說的，陳宮一定是曹操派來的奸細。」魏續卻是火上加油地道。

他和陳宮有嫌隙，幾個月前，他在晉陽的時候被陳宮當眾責罰，他一直覺得這是奇恥大辱，便對陳宮懷恨在心，一直想找機會報復。

呂布見陳宮面不改色，一句話也不說，看了一眼一直沒有發話的文醜，問道：「你是怎麼想的？」

文醜本不願意參與這件事，此時當呂布問起他，尋思一番後，說道：「就算是犯人，也應該有辯解的機會，屬下以為，不妨對簿公堂，聽聽陳宮的話，之後再做定奪。」

呂布點了點頭，對陳宮道：「陳宮，你有何話可說？」

陳宮兩袖清風，端正地站在大帳裡，突然哈哈大笑了起來，自嘲道：「沒想到我陳宮會死得如此不值，竟然死在一顆小小的蠟丸手上……」

張遼勸道：「軍師，主公不是還沒有定論嘛！」

陳宮嘆了口氣，道：「也罷！主公若要殺我，隨時都可以殺，我自從決定跟隨主公之後，這條命就是主公的了。不過，我若是就這樣死了，主公一定會後悔的，以主公對我的瞭解，我若是真有謀反之心，必然會做到滴水不漏，更不會當眾將這樣重要的書信展示在主公的面前。」

呂布聽了，不由得回想起陳宮雷厲風行的做事風格以及極深的城府，心裡開始動搖起來。

可是看著那張字條，他又對陳宮起了懷疑，因為字條上所寫的確實是實情，**他現在和高飛正好是一人奪取一半的冀州，而整個黃河以北就只有他們兩家勢力了。**

陳宮見呂布的臉上稍稍動容了，便將手中的字條舉了起來，繼續說道：

「主公再請仔細看看，這字條上的字跡和屬下的根本就不相同，字條上的字體非常娟秀，可屬下的字體較為蒼勁，單憑這一點，就能斷定這字條不是屬下所寫的，而且跟屬下沒有一點關係。」

「也許是你怕別人發現，故意找人代寫的呢？」魏續臆測道。

陳宮冷笑一聲：「魏將軍說得倒是挺輕巧的，我說句大言不慚的話，放眼整個晉軍，能夠寫出如此娟秀文字的人，只怕再也找不出第二個人來。士兵們大多都是不識字的白丁，就算識字的人，也無法寫成如此的蠅頭小字。張將軍的字體倒是較為娟秀，但是張將軍也寫不出這樣小的字來，這就說明了一件事，這是敵人在嫁禍於我，想借這件事除掉我，讓主公損失一臂。」

「白天糧倉無故失火，現在又出現這種事，不用說，一定是奸細所為。」高順道。

魏續趕忙邀功道：「是有奸細，不過已經被我殺了，是馬騰的人，和這件事根本無關。」

陳宮又道：「主公，你再請想想看，曹操是什麼人？他現在貴為魏侯，即使再怎麼親近的人，除了他的骨肉兄弟之外，其他人不稱呼曹操為魏侯，於情於理都說不通；再者，這字條中所寫的事，已經遠遠超出普通人的智慧，就連我第一次看到的時候，也不得不為其折服，這份智慧，堪比管仲、樂毅，而且還有極為深遠的謀略。」

呂布冷嘲熱諷地道：「你單從這麼簡單的字條裡便能看出這麼多事來啊？照你這樣說，那我晉軍裡都是一群豬腦子了？就你一個人是聰明的？」

陳宮自覺失語，急忙解釋道：「屬下不是這個意思，屬下只是說出這字條中所隱含的訊息而已。」

「主公，請原諒軍師的冒犯，屬下以為，軍師絕對不是有意冒犯的。」張遼緩頰道。

呂布鐵青著臉，朝陳宮擺擺手道：「繼續說。」

陳宮「諾」了一聲，見呂布的怒氣已經漸漸消下去，便說道：「屬下一直勸主公殺掉高飛，確實是因為高飛會成為主公的心腹大患，及早下手的話，就能及早剷除這個隱患。但是書信中所寫的，確實是另有一番見地，屬下看完之後，也覺得自愧不如。」

「一封密信能有什麼見地？」魏續嘲諷道。

陳宮不理睬魏續，繼續說道：「正如書信中所寫的一樣，**袁氏敗亡之後，河北就會出現雙雄並立的局面，主公在西，高飛在東**，但是如果要爭霸天下的話，兩軍勢必會引起爭端，互相仇視，這正是屬下所擔心的，所以想請主公先下手為強。不過，看完這封書信之後，屬下倒是有了另外一個想法。」

「什麼想法？」呂布道。

「曹操虎踞兗州和徐州，我軍和高飛在攻打冀州的時候，牽制住了袁紹的大批兵力，曹操的目光敏銳，他一旦得知冀州在打仗，便會立即帶兵攻打青州，趁機占領青州以擴充自己的地盤，逐漸掌控中原。我軍和燕軍為了攻打趙軍，已經是傾盡全力了，如果我軍和燕軍再打了起來，在黃河以南的曹操必然會出兵北上，或和高飛聯手滅掉我軍，或和我軍聯手滅掉燕軍。

「總之，不管他會做出怎樣的選擇，但從形勢上來看，對我軍都大大的不利，**一旦脣亡齒寒，整個河北必然會成為曹操的囊中之物**。所以，屬下現在的想法已經有所改變，認為和燕軍友好的相處下去，還是有必要的。」陳宮侃侃而談道。

呂布聽陳宮說得如此透澈，也覺得很有道理，同時也消除了對陳宮的懷疑，朗聲對陳宮道：「其實，我早已知道了，所以才不願意和高飛開戰。」

陳宮感到很意外，在他的眼裡，呂布的政治嗅覺很遲鈍，怎麼可能懂得這樣深奧的利害關係，但是他還是一如既往地恭維道：「主公英明。」

文醜心裡一陣冷笑，暗暗想道：「什麼早就知道了，你不願意和高飛開戰是另有原因，你是等不及趙侯府底下埋藏的那些寶藏而已。」

誤會消除，呂布隨即道：「看來我軍之中藏著的奸細不只一個，魏續抓到了馬騰的奸細，這個陷害軍師的，一定是高飛派來的，他害怕我攻打他，所以想先除去軍師。還好我夠英明，沒有上當。魏續！」

「主公有何吩咐？」魏續抱拳道。

呂布道：「徹底清查軍中奸細，這件事就交給你了。」

魏續欣然領命，朗聲道：「屬下遵命。」

呂布隨後道：「我軍的主力大軍都在冀州，只留下張揚的三千騎兵和三萬步兵把守並州各處，並州的兵力確實空虛。不管馬騰偷襲我軍是不是真的，我軍都要做到有備無患。張遼！」

「屬下在！」張遼出列抱拳道。

「你帶領一萬狼騎兵，迅速奔赴並州，和張揚一起鎮守朔方、五原、太原、上郡等地，以備不測。」呂布道。

張遼點點頭道：「屬下領命。」

陳宮道：「主公，從這裡調兵去並州，那冀州這邊豈不是……」

「你放心，高飛既然能夠用這種離間計來離間你我，就一定曉得我們兩軍的利害關係，現在燕軍剛打完仗，士兵疲憊不堪，肯定是要休整一番的，短時間內絕對不會和我軍開戰，而且我也準備和高飛訂立盟約，這樣一來，黃河南岸的曹操就不會覬覦河北了。冀州人口多，只要給我兩年的時間，我必然會訓練出一支作戰勇猛的軍隊來。」呂布自信滿滿地道。

陳宮道：「主公英明！」

郭嘉剛剛挨完了五十軍棍，可是由於魏續提前打了招呼，那兩個親兵在郭嘉的屁股上墊上了厚厚的東西，軍棍也打得很輕，基本上沒有傷到郭嘉的屁股。

挨完打，郭嘉對那兩個親兵拱手道：「二位辛苦了，承蒙二位照顧，我的屁股才不至於開花。」

其中一個親兵道：「你是輕鬆了，可憐我們兄弟二人，累死累活的打軍棍，你連象徵性的叫喊聲都沒有。」

郭嘉笑道：「對不住二位了，要不，我請二位喝酒？」

兩個親兵一聽說有酒喝，當然開心，便跟著郭嘉一起回到他所在的大帳。

郭嘉最開始混進晉軍大營的時候，因為沒有屬於他的營帳，他便充當值夜的士兵，白天在營帳中休息。但自從認識魏續之後，他的職位便成了親兵隊長，可以單獨擁有自己的營帳，所以他帶著那兩個親兵回到了自己的營帳。

兩個親兵都是跟隨呂布身邊多年的老人，和魏續的關係也很好，他們知道魏續對郭嘉十分器重，便誇讚道：「郭三兄弟，你要好好幹啊，在魏將軍手底下，油水可多的很啊，以後發了財，可別忘了我們啊。」

「一定，一定！」

郭嘉輕描淡寫地回答完後，先是說了一番吹捧兩個親兵的話，接著又給兩個親兵倒酒，把兩個親兵弄得半醉後，便向他們詢問文醜、高順、張遼三人的事，想進一步瞭解文醜三人有什麼特點和弱點。

有道是酒後吐真言，兩個親兵被郭嘉灌了許多酒，便什麼都說了，就連平時受氣，心裡不爽，謾罵呂布的話也一起說了出來。

郭嘉見兩個親兵醉醺醺地躺在那裡，便整理了一下收集來的情報，心裡暗暗想道：「有點棘手啊，看來要取得這三個人的信任遠比魏續要難得多。明天就要交接鄴城了，主公會暫時待在信都城，必須在鮮卑人進攻並州之前，將呂布蠱惑到司隸才行！看來，還得從馬騰身上入手……」

當晚，從中軍大帳裡出來的魏續便在晉軍大營裡繼續抓奸細，這次排查要仔細許多，他為了以防萬一，還將郭嘉給叫了來，跟在他身邊逐一巡視全營。

郭嘉樂在心裡，照魏續這種查法，就是查個十年八年的也查不出有什麼異常。不過他行事還是得小心翼翼，不能露出馬腳。另外，他在巡營的時候，也得知了張遼率部趕赴並州，陳宮嫌疑被消除的消息。

得知這一消息後，郭嘉重新審視了一番自己的策略，決定還是從魏續下手，先將魏續捧成呂布跟前最值得信賴的人，然後讓魏續去蠱惑呂布南下司隸。

魏續果然沒有找到奸細，他還不知道在他身邊深得他信任的郭三就是嫌犯，所以排查奸細到深夜，還是一無所獲，最後也只能暫且休息。

第二天，天剛濛濛亮的時候，郭嘉從營帳中走了出來，眺望遠處巍峨的鄴城，見城樓上只掛著寥寥幾面大旗，人影都看不到一個。心中一驚，便急忙牽來一匹馬，策馬出了營寨。

經過昨夜魏續帶著郭嘉進行奸細排查，晉軍大營裡許多士兵都認識了這個魏續身邊的親兵隊長「郭三」，士兵們都知道魏續和呂布的關係，所以對郭嘉很客氣，見他策馬奔馳，誰也不去阻攔，反而給予一個甜美的笑容。

郭嘉借著這個便利，很快溜出了大營，登上高坡後，向鄴城眺望，但見燕軍在西南、西北立下的兩座營寨已經不復存在了。

正當他還沒想明白發生了什麼事時，卻見一個晉軍斥候從前面經過，他立即喊道：「喂！前面發生了什麼事，燕軍為何不見蹤跡？」

斥候一邊策馬，一邊回答道：「不知道啊，我是早上去巡視的，燕軍竟然在一夜之間便消失了，我正要趕去通知主公，就不多說了，告辭！」

郭嘉聽完晉軍斥候的話，皺起了眉頭，尋思一番，心中暗道：「主公走得如此匆忙，一定是出了什麼事了，難道……是和曹操在青州打起來了？」

正當郭嘉心中一陣突兀的時候，聽到背後傳來一陣馬蹄聲，魏續帶著幾名親隨奔馳過來，呼喊著「郭三」的名字。

郭嘉急忙調轉馬頭下了高坡，迎著魏續拜道：「將軍喚我何事？」

魏續昨夜沒睡好，眼睛都有了黑眼圈，活像一隻大熊貓。

他嘆了口氣，道：「你可讓我一陣好找，要不是有人見你出營了，我還真找不到你。你站在這裡幹什麼？快跟我一起去排查奸細去。」

郭嘉道：「將軍，不用查了，我軍如此大的動靜，就算有奸細也早走了，只需讓各營查找一下這一兩天誰離開了軍營即可。另外，燕軍一夜之間便撤軍了，鄴城已經成了無主之地，將軍應該儘快稟告主公進城才是。」

魏續深信不疑，登上高坡，眺望了一下正前方，除了城樓上插著寥寥的幾根大旗外，再也找不到任何燕軍的蹤跡，便哈哈笑道：「沒想到高飛這小子跑那麼快！」

郭嘉看著魏續的背影，又回頭看了看晉軍的大營，心中想道：「一定是出事了，不然的話，主公不會走得那麼匆忙，只可惜我現在已經在晉軍裡知名了，想走都困難。主公，奉孝暫時幫不上什麼忙了，只有竭盡全力的將『驅狼吞虎』的計策給完成。」

魏續下了高坡，策馬狂奔，直奔回中軍大帳，因為他的身分特殊，不用進行通報，先行比斥候將燕軍撤退的消息告訴了呂布。

呂布得知後，欣喜若狂，隨即命令全軍拔營起寨，開赴鄴城。

鄴城已經成為一座空城，百姓、軍隊都撤離了，留下來的只有一地的淤泥和滿地的狼藉，所有的民房裡只要是能帶走的東西統統都被帶走了，沒有被帶走的也是殘破不堪。

進入鄴城的晉軍起初還帶著一絲欣喜，本以為鄴城會有許多可供他們搶奪的財寶，哪知道連個人影都見不到。不過對呂布來說，這些都是小問題，他要的只是埋在城池底下的寶藏。

文醜知道寶藏埋藏的地方，帶著士兵在趙侯府底下挖掘了一番，撬開一個地下通道，並且讓人把裡面藏著的金銀珠寶統統都給帶了出來。

當呂布看到這些金銀珠寶擺在他的面前時，整個人開心不已，對文醜更是心存感激。

「沒想到袁紹的趙侯府底下竟然埋藏著如此多的金銀財寶……」郭嘉跟隨在

魏續的身邊，親眼目睹了這些寶藏之後，暗暗想道：「不過看呂布那貪得無厭的嘴臉，這筆財寶正好可以當作他的陪葬品。**有了這份財寶，呂布的心定然會膨脹起來，那這樣一來，我的計畫就更容易實施了。**」

呂布歡喜地抱著這些金銀財寶，臉上的貪婪之色大起，不禁嘖嘖地道：「冀州果然是個富庶的地方，遠比並州好上百倍，我還是頭一次見到這麼多的金銀財寶。」

文醜帶著人在地下運送著財寶，魏續和郭嘉站在呂布的身側，郭嘉聽到剛才呂布說的話後，靈機一動，便將魏續拉到一邊，問道：「將軍，想不想得到更多的金銀財寶？」

錢財誰不喜歡，更何況魏續又是個見錢眼開的人，他重重地點點頭，道：「你有什麼辦法嗎？」

郭嘉問道：「這些金銀財寶是看得見的，文醜為什麼不自己留著以後挖掘，而是主動獻給主公呢？」

魏續順口回道：「他傻啊，要是我有這麼多的金銀財寶，我才不會……」

話只說到一半，魏續便停住了，急忙捂住嘴，回頭望了一眼呂布，見呂布正欣喜若狂地沉迷於得到巨大財富的喜悅當中，暗想道：「好險，要是被主公聽見了，那我的小命可就完了。」

郭嘉知道魏續貪財，便道：「其實，這鄴城的地底下並不僅僅埋藏著這些金銀珠寶而已，還有更多的寶藏，就看將軍有沒有膽子拿了。」

「娘的！**我什麼都沒有，有的是膽子**，你說，在什麼地方，我也去挖。」魏續低聲道。

郭嘉搖搖頭：「不，將軍不能要這些財寶，要將這些財寶獻給主公，儘量博取主公對你的信賴，**只要主公肯聽你的話，你還不是想要什麼就有什麼嘛**，那些當官的還不得天天巴結著你啊！這方面，文醜就比你強多了。文醜不傻，他知道自己需要什麼，所以就能捨棄什麼，有得必有失，將軍必須考慮清楚。」

魏續想了想，道：「你說得沒錯，我的錢要是比主公的還多，那主公肯定不會容得下我。那你告訴我，我真的能挖到比這些還多的財寶嗎？」

「嗯，這些都是有形的，我要將軍挖的，都是無形的寶藏。鄴城一帶埋葬了不少大戶、客商、文人、武將的屍體，他們都有陪葬品，只要能夠打開墳墓，那將他們的陪葬品全部聚集起來，就一定能夠超越過這個財富，而且還能挖掘到稀世珍寶。」

魏續一想，覺得這活可以做，便道：「那我該怎麼做呢？」

郭嘉道：「首先，將軍去向將軍進言，以挖掘寶藏為由，掘開名人墳墓，然後獲得財富，只要你獻的財寶比文醜多，主公一定會對你倍加信任。」

魏續尋思了一番，覺得這個辦法可以行得通，他想都沒有想，便去向呂布進言。

呂布正掉進錢眼裡，一聽說魏續也有寶藏，便下令他去挖。

魏續倒是幸不辱命，直接帶著士兵便在鄴城周圍挖掘墳墓，果然得到了不少的財寶，這使得他更加瘋狂地去挖掘墓地了，就連袁紹的墓地也被他給撬開了。

許多士兵怕挖掘別人的墳墓會受到詛咒，都不敢挖，魏續便打著呂布的命令，壓著他們繼續挖掘墳墓，那些士兵無奈，只好繼續挖掘，弄得鄴城周邊屍骨如山。

一時間，呂布盜墓取財的事在晉軍的軍營裡迅速傳開，士兵們嘴上雖然不說，但是心裡都有點發怵，加上鄴城空蕩，晚上起風的時候總是會聽到鶴唳的風聲，像是鬼哭一樣，許多士兵心裡都感到很害怕。只過了一夜，軍中便流傳著鬧鬼的事件。

鄴城鬧鬼的事像是得了瘟疫一樣，立馬在士兵中傳開，弄得每個人都人心惶惶，不敢再住在鄴城裡，就連那些軍官也開始信以為真起來，紛紛央求呂布遷出鄴城。

呂布昨天剛得到大批的財富，用馬車裝載了數十車，今天面對眾將的請求，最不信邪的他聽後大怒，親手斬殺了三個軍司馬後，那些前來請求的將領才不再說話。

當眾將退出去後，呂布怒視著站在一邊的魏續，大聲訓斥道：「都是你幹的好事，現在弄得人心惶惶，好好的一座鄴城，只在裡面過了一夜，便成了一個鬧鬼的城池了。你真是氣死我了……」

魏續百口莫辯，卻也不生氣，借機對呂布道：「主公，這樣也好，反正鄴城的百姓都已經被高飛遷走了，我們得到一座空城又有什麼用？我看，不如就搬到其他地方吧。」

「其他地方？還有什麼地方的城池能比鄴城堅固？」呂布好奇道。

魏續早就準備好了，用郭嘉教給他的話說道：

「以屬下看，不如去司隸吧，洛陽雖然被袁術一場大火給燒毀了，可是城牆是燒不毀的，我軍現在吸納了不少錢財，足夠重新建造一座新城了，而且，**洛陽乃龍興之地，大漢的百年基業都在那裡，又地處中州，乃八荒六合彙聚之地，主公不也是問鼎中原嗎？**不如就南渡黃河，占領洛陽周圍，可以算作是問鼎中原的第一步。另外，馬騰的部下張濟、樊稠駐守在弘農，聽說得到馬騰授意準備東進洛陽，一旦馬騰出兵占領了洛陽一帶，那豈不是又和當年的董卓一樣了嗎？與其讓馬騰占領，不如我軍出兵占領為妙。」

呂布聽完這番話，感到很驚奇，因為他十分瞭解這個小舅子，知道他根本不可能說出這番話來，笑了笑，問道：「你是不是得到什麼高人指點了？」

魏續連忙擺手道：「沒有的事，這些都是我一個人想出來的。」

呂布冷笑一聲，問道：「是嗎？」

魏續看到呂布看著他的眼神，仍是不改口道：「是，真的是我一個想的。」

呂布道：「既然你不願意說，我也就不多問了，但是否去司隸，我還要問一下陳宮才可以……」

「不用問了，他一定會反對。再說，他是個外人，我怎麼說也是主公的親人吧，如果你連我都信不過，又憑什麼去信一個外人呢？再說，那個栽贓陳宮的奸細到現在還沒抓到，以我看，根本就沒有奸細，陳宮說那番話也只是為自己開脫的。不然的話，他怎麼到現在也想不起來那個蠟丸是怎麼來的呢？」

呂布皺起眉頭，心裡又被挑起了一絲疑竇，道：「好吧，你去傳令全軍，收拾行裝，讓侯成留守鄴城，宋憲留守邯鄲，陳宮暫時為冀州刺史，統領魏郡、趙郡、中山、常山、鉅鹿等地，其餘的人都跟我去洛陽，我要在龍興之地上崛起。」

魏續歡喜地道：「主公，要占領洛陽，必先據河內，文醜不是驍勇善戰嘛，不如讓他帶一萬軍去取河內，河內是王匡的舊地，王匡死後，我軍一直沒有去占領，可就地任命文醜為河內太守，駐守在河內，南可支援洛陽，北可通並州，達冀州，有他在那裡做中間磐石，相信無人敢來侵犯。」

呂布聽了覺得很有道理，便道：「看來你真是遇到高人了，何時請出來讓我也見見？」

魏續笑道：「等到了洛陽，我定會引薦他給主公認識的，我覺得他一點都不比陳宮差，完全可以做國相。」

呂布微微一笑，道：「那就到了洛陽再說吧，傳令下去，全軍開赴洛陽！」

魏續「諾」了一聲，便欣喜地跑出了營帳。

《三國奇變》【戰略篇】第一輯完。

欲知後續發展，敬請期待本公司最新出版之《三國疑雲》！

三國奇變【戰略篇】卷10 驚天一箭

作者：水的龍翔
發行人：陳曉林
出版所：風雲時代出版股份有限公司
地址：10576台北市民生東路五段178號7樓之3
電話：(02) 2756-0949
傳真：(02) 2765-3799
執行主編：朱墨菲
美術設計：吳宗潔
行銷企劃：林安莉
業務總監：張瑋鳳

初版日期：2022年2月
版權授權：蔡雷平
ISBN：978-986-5589-35-6

風雲書網：http://www.eastbooks.com.tw
官方部落格：http://eastbooks.pixnet.net/blog
Facebook：http://www.facebook.com/h7560949
E-mail：h7560949@ms15.hinet.net
劃撥帳號：12043291
戶名：風雲時代出版股份有限公司

風雲發行所：33373桃園市龜山區公西村2鄰復興街304巷96號
電話：(03) 318-1378
傳真：(03) 318-1378
法律顧問：永然法律事務所 李永然律師
北辰著作權事務所 蕭雄淋律師

行政院新聞局局版台業字第3595號 營利事業統一編號22759935

定價：290元

國家圖書館出版品預行編目資料

三國奇變 / 水的龍翔著. -- 初版. -- 臺北市：風雲時代出版股份有限公司, 2021.04- 冊； 公分

ISBN 978-986-5589-35-6（第10冊：平裝）--

857.75 110003326